DAS BUCH

Was ist schlimmer als ein Urlaub mit einer berufsjugendlichen Single-Mutter in der Midlife-Crisis? Natürlich mit einem türkischen Macho auf einer einsamen Insel zu stranden!

So schlimm hat sich selbst Pessimistin Lena Schneider (19) ihren Urlaub nicht vorgestellt. Denn mitten im Indischen Ozean stürzt das Flugzeug ab. Ein wahrer Culture Crash – denn neben Lena strandet noch Macho Cem samt gläubiger Schwester Yagmur und dem stotternden Costa auf der einsamen Insel.

Die ganze Welt sucht fieberhaft nach den vier Verschollenen – mit Ausnahme von Lenas Alt-68er-Mutter Doris. Die strauchelt in einer Hotelanlage durch ihre Midlife-Crisis und ist entsetzt, dass sich Cems Vater Metin für sie interessiert. Ist der Spießer nicht viel zu alt für sie?

Indes sorgen Naturvölker und Schmetterlinge im Bauch bei Cem und Lena für einen Schnellkurs in Sachen Erwachsenwerden. Ein Kampf der Kulturen – und der Egos, bei dem es nicht nur ums Überleben geht, sondern vor allem um die erste große Liebe.

DER AUTOR

Detlef Dreßlein, geboren 1970, studierte Germanistik und besuchte anschließend die Deutsche Journalistenschule. Danach arbeitete er als Pauschalist bei der »Frankfurter Allgemeinen Zeitung« und war Redakteur bei »GQ« und »Playboy«. Seit 2010 ist er als freier Journalist und Autor tätig. Mit seinen Reportagen gewann er zahlreiche Auszeichnungen, u. a. den Feuilletonpreis des Verbands Deutscher Sportjournalisten.

DETLEF DRESSLEIN

TÜRKISCH FÜR ANFÄNGER

ROMAN

Basierend auf dem Drehbuch
von Bora Dagtekin

Kiepenheuer
& Witsch

MIX
Papier aus verantwortungsvollen Quellen
FSC
www.fsc.org
FSC® C083411

Verlag Kiepenheuer & Witsch, FSC®-N001512

1. Auflage 2012

Basierend auf dem Drehbuch von Bora Dagtekin zum Film *Türkisch für Anfänger.*
© Constantin Film Verleih GmbH / Rat Pack Film Produktion GmbH
www.tfa-film.de

Umschlaggestaltung: Barbara Thoben, Köln
Umschlagmotiv: © Rat Pack Film / Constantin Film Verleih
Fotos Innenteil: © Marco Nagel / Thanaporn Arkmanon – Rat Pack / Constantin Film
Gesetzt aus der Minion Pro und der IllegalEdding
Satz: Fotosatz Amann, Aichstetten
Druck und Bindung: CPI – Clausen & Bosse, Leck
ISBN 978-3-462-04430-0

1

Lena Schneider war neunzehn Jahre alt und fühlte sich wie Mitte siebzig. Antriebslos, überflüssig und unsexy. Dem gefühlten Alter entsprechend stand es auch um ihr Liebesleben. Wobei Rentner vermutlich mehr Sex hatten als sie. Senioren waren ja heutzutage die neuen Teenies. Ihre Mutter Doris war da ein gutes Beispiel. Und just hämmerte sie an Lenas Zimmertür.

»Gurke, kann ich reinkommen oder masturbierst du?«

Leider war Doris deutlich unter siebzig, sodass man nicht mal sagen konnte: »Mensch, super, Mutti, dass du noch so agil und … jung geblieben bist!« Nein, sie war Mitte vierzig und deswegen war der einzig passende Kommentar: »OMG, du bist so scheiße peinlich und berufsjugendlich, bitte hör auf, mich auf Facebook zu poken, und versuch nicht, meine Hosen anzuziehen.«

Doris quetschte sich mit ihrem debilen Therapeutinnen-Lächeln durch die Tür – sie war vorsichtig, in der Vergangenheit waren des Öfteren Gegenstände geflogen – und sah ihre Tochter erwartungsvoll an.

»Mutter, ich masturbiere … erstens gar nicht, wenn du zu Hause bist, und zweitens nicht tagsüber.«

Doris seufzte. »Jetzt hat wieder die alte Frau aus dir gesprochen. Du weißt doch. Sex ist nichts, was man im Dunkeln machen muss. Mein bester Sex war …«

»NÖÖÖÖT!«

Lena imitierte ein Buzzer-Geräusch, um Doris' Satz vor Erreichen der maximalen Peinlichkeit zu beenden. Doris fand, ihre Tochter war verklemmt. Und Lena wusste, dass sie irgendwo recht hatte. Was sie öffentlich natürlich jederzeit abstreiten würde.

»Ja, ist noch irgendwas?«

Lena hatte gerade leider nichts zu werfen – außer einem abfälligen Blick.

»Frieder ist da!«

Doris freute sich. Sie fand Frieder super. Und Frieder fand Lena super. Nur leider fand Lena Frieder gar nicht so super.

»Zieh dir doch mal was Hübsches an, du siehst schon wieder so grau aus.«

Doris verschwand. Lena leider nicht.

Oh Gott, Frieder war da. Wieso das denn? Sie hatte ihm doch vorhin gesimst, dass sie verstorben und bis auf Weiteres nur noch auf dem anonymen Friedhof zu besuchen sei. Wieso nahm der Penner sie nie ernst? Lena blickte in den Spiegel. Was fand der Idiot an ihr? Sie betrachtete sich eingehend. Und fand sich schrecklich. Langweilig. Irgendwie so … unaktuell. Rote Haare waren ihrer Meinung wirklich extrem dated. Ihr heller Teint passte vielleicht in einen Jane-Austen-Roman, aber nicht ins Zeitalter von MTV, in dem man als Mädchen möglichst braun gebrannt und mit prallem Dekolleté … apropos Dekolleté. Wo war das noch mal? Ach richtig, nicht vorhanden. Kein

Busen. Super. Der war schuld. Eigentlich sagte Doris immer, Lenas Vater sei an allem schuld, aber ihr Vater war irgendwo am Amazonas, wühlte im Schlamm nach ausgestorbenen Kulturen, hatte selten Handyempfang und schickte eigentlich auch nur zum chinesischen Neujahr eine Karte aus Recycling-Papier. Und genau deswegen fokussierte Lena all ihren Weltschmerz auf ihren Busen.

Sie seufzte sehr lange und sehr schwer. Es war Zeit für Entscheidungen. In der Liebe und im Leben überhaupt. So konnte das alles nicht weitergehen. Sie hatte gerade ihr Abitur bestanden, zwar schlechter als gewollt (1,1), aber immerhin, Klassenbeste (hilft übrigens auch nicht, um populärer zu werden). Sie wusste nicht, was sie studieren sollte, vielleicht Journalismus. Oder war es an der Zeit, sich total gegen das Establishment zu stellen und eine Ausbildung als Fleischfachverkäuferin zu machen?

»GURKE! FRIEDER WARTET AUF DICH!«

Richtig, da war noch was. Ihr Spitzname. Maximal untragbar. Und nicht totzukriegen. Albtraum. Das ganze Leben. War ein einziger Albtraum. Und Lena hatte das unangenehme Gefühl, dass sie sehr alt werden würde.

2

Lena hatte Frieder in einer Selbsthilfegruppe für Suizidgefährdete kennengelernt. Nein, sie war leider nicht so konsequent gewesen und hatte ihre jämmerliche Existenz beenden wollen, sie hatte bloß beim Brotschneiden ihre Fingerkuppe gerammt. Blutend und panisch schreiend (sie hasste alle Körperflüssigkeiten) war sie durchs Haus gelaufen, auf der Suche nach Pflastern hatte sie den Badezimmerschrank durchwühlt, war auf einem nassen Handtuch ausgerutscht, längs in die Badewanne geflogen, und als Doris – noch ganz rosig von ihrem Nachmittagsschläfchen – ins Bad trat, lag Lena bewusstlos, über und über mit Blut besudelt, mit einem Messer in der Hand in der Badewanne.

Erklärungsversuche waren – nachvollziehbarerweise – zwecklos. Doris hatte Lena in eine Gruppentherapie mit zwölf anderen (wirklich!) geisteskranken Teenagern gesteckt, die alle (wirklich!!!) schon mal versucht hatten, sich umzubringen, und dort hatte sie auch Frieder kennengelernt. Der behauptete felsenfest, er sei ebenfalls nur versehentlich dort gelandet und nur rein zufällig mit der Plastiktüte überm Kopf auf dem Dachboden eingeschlafen. Hm. Genau. Aber irgendwie war Lena langweilig gewesen und sie war ein paarmal mit ihm im Kino gewesen. Fehler! Er fand sie affenscharf (seine Mutter hatte auch keinen Busen, Psyyyycho!), hatte alle fünf neuen Telefonnummern, die sich Lena zugelegt hatte, rausgefunden und war an ihr drangeblieben. Da sich Lenas Sozialleben im Minusbereich befand und sie außerdem eine feige Sau war, hatte sie Frieder noch nicht so richtig abgeschossen, sondern nutzte ihn als Zeitvertreib. Doris interpretierte das als »erste Liebe«. Lena interpretierte das eigentlich nur als »muss noch geklärt werden, aber gerade kein Bock«.

Frieder war einundzwanzig, politisch in Ordnung, also leicht links, intelligent, ziemlich still, etwas verpeilt und heute war er unangenehm pushy. Er starrte auf ihren »Busen«, und Lena vermutete, dass es wieder irgendwas mit seiner Mutter zu tun hatte.

»Was willst du?«

Sie war unfreundlich, aber das half überhaupt nichts. Er fand das heiß.

»Fahren wir? Es wird super.«

Verdammt, er wollte fahren. Frieder fuhr schlecht. Der meerblaue VW Polo mit dem Aufdruck »Frieder's Eso-Shop – Traumdeutung & Aurafotografie« wurde kurz im Kupplungsbereich vergewaltigt, dann rasten die beiden los. Die Ladenhüter aus jenem Shop – Holzketten, magische Steine und Mandalas – flogen kreuz und quer im Auto umher. Lena hatte große Angst, in der Eso-Kutsche gesehen zu werden – aber immer noch besser, als Bus zu fahren. Sie mochte den Geruch von nassen Klamotten nicht so gern. Und irgendwie waren die Leute in den öffentlichen Verkehrsmitteln immer gerade einem Regenguss entkommen und stanken wie kleine nasse Hunde. Fand Lena. Frieder lächelte so vorfreudig, dass sie extra nicht nachfragte, wo er hinwollte. Sie wollte ihm den Gefallen nicht tun, ihr antworten zu können. Während sie darüber nachdachte, ob sie vielleicht sadistische Züge hatte, hielten sie am Park.

»Was meinst du? Der perfekte Ort, um die Sonnenfinsternis zu beobachten, oder?«

»Was? Können wir nicht ins Kino gehen? Da ist es auch dunkel. Aber man sieht trotzdem was.« Vor allem musste man nicht reden. Im Kino musste sie nur alle fünf Minuten seine Hand von ihrem Busen schlagen und dann war wieder Ruhe.

»Für unser Jubiläum fand ich das hier irgendwie netter.«

Jubiläum? Was für ein Jubiläum? Drei Monate keinen Körperkontakt?, dachte sie, als sie Frieder hinterherlief, der mit einer Decke, einem Picknickkorb und Schutzbrillen schon vorausgegangen war.

Sie waren nicht das einzige Paar im Park, aber die anderen waren glücklich. Was Lenas Laune zusätzlich verdüsterte. Frieder packte Picknick-Unsinn aus. Lena wurde nervös. Denn Frieder legte diesen »Lass uns den nächsten Schritt tun«-Blick nicht ab.

Der Platz auf der abschüssigen Wiese war für normale Menschen vermutlich sogar romantisch. Frieder rückte näher und legte die Hand auf ihr Knie. Komisch – kein Kribbeln im Bauch. Dabei müsste sie genau das jetzt spüren, wenn man Vorabendserien oder Bravo-Lovestorys glaubte. »Oh wow, seine Hand lag auf meinem Bein und mir wurde ganz anders«, dachten an dieser Stelle andere Mädchen. Lena dachte nur darüber nach, wo seine Hand wohl die letzte Stunde überall gewesen war und dass er sie im Anschluss vermutlich nicht angemessen gewaschen hatte. Ihr fiel ein, wie er damals die Sonnenbrille aus dem Urinal am Potsdamer Platz gefischt hatte.

»So eine … äh … Sonnenfinsternis ist schon echt romantisch, oder?«

Ihr wurde flau im Magen. Was faselte er denn jetzt?

»Mir war sofort klar, dass du was Besonderes bist. Seit unserer ersten Demo.«

Lena schauderte.

»Weißt du noch«, fragte Frieder verträumt, »als du dich an den Baum gekettet hast?«

Jetzt fing er von dieser scheiß Castor-Demo an, oder was?

»Jaaa«, krächzte sie. »Das war meine Mutter, und du weißt, ich hätte den Schlüssel gerne bekommen, bevor sie mich *und* den Baum gefällt haben.«

Frieder schien das überhaupt nicht zu hören. Er fuhr mit dem Text fort, den er schon lange vorbereitet zu haben schien.

»Lena, bevor du in den Urlaub fährst, muss ich etwas loswerden.«

Scheiße. Der Urlaub. Das hatte sie ja total verdrängt. Oh nein. Doris' Geschenk zum Abitur. Lena dachte darüber nach, wie sie aus der Sache rauskommen konnte; Frieder fuhr fort:

»Ich liebe dich. Und ich will mit dir schlafen.«

WHAT? Auf Lenas Gesicht legte sich die Dunkelheit der Sonnenfinsternis. Die anderen Paare begannen zu knutschen. So zärtlich sie konnten.

Und Lena begann zu rennen. So schnell sie konnte.

3

Verzweifelt durch die Stadt zu rennen ist ja ein sehr dramatischer Vorgang, gern auch in Kinofilmen genutzt, man denke an »Lola rennt« oder die obligatorische Szene, in der irgendwer hinter irgendwem herrennt, weil er noch dringend ein »Ich liebe dich« loswerden muss. In Lenas Fall war es nicht so mondän. Sie stolperte durch den Prenzlauer Berg, rammte Kinderwagen und schwangere Frauen, entkam nur zufällig größeren Verkehrsunfällen und dachte die ganze Zeit nur: »Bitte mach, dass er mir nicht nachkommt!« Hatte er wirklich gesagt, dass er mit ihr schlafen wolle? Beim Gedanken daran stoppte sie kurz, übergab sich neben einem Supermarkt in einen Mülleimer, fing sich ein paar verstörte Blicke ein, dachte kurz darüber nach, dass sie extrem neurotisch für ihr Alter war, und rannte dann weiter.

Keuchend schloss sie die Haustür auf. Gerettet.

In der Küche fiel sie über Nils, ihren elf Jahre alten Bruder. Er saß in einem silbrigen Overall am Küchentisch und arbeitete mit einem Schweißgerät (nicht altersgemäß!) an seinem Astronautenhelm herum.

Auf der gelben Wachstuchtischdecke standen einige

sehr leere Weinflaschen. Lena besann sich der Erziehungspflicht, die ja irgendwer übernehmen musste.

»Hast du das getrunken?«, fragte sie und blickte vorwurfsvoll auf die Flaschen.

Nils schüttelte abwesend den Kopf und konzentrierte sich weiter auf seine Schweißarbeiten.

»Quatsch. Mamas Freundinnen sind da.«

Erleichterung. Ihr Bruder war kein minderjähriger Alkoholiker. Dann: Panik! Mamas Freundinnen waren da?!

Sie hatte den Tag unterschätzt. Jetzt wusste sie auch, woher die leisen Grunz- und Stöhnlaute kamen. Sie riss den Vorhang zu dem Zimmer neben der Küche zur Seite und sah, was sie befürchtet hatte: vier Frauen mittleren Alters, in sehr weite Saris gewandet, eine davon ihre eigene Mutter, umnebelt von Räucherstäbchen und über Spiegeln kauernd, die eine Körperregion widerspiegelten, die Lena nicht sehen wollte. Vor den Frauen standen Vibratoren in allen Formen und Farben, die man sich vorstellen konnte. Auf den Gleitcremedosen klebte mit Namen beschriftetes Kreppapier.

»Schön«, sie versuchte nicht hinzugucken, konnte ihren Blick aber nicht von den Frauen und den Spiegeln abwenden. »Du hast versprochen, die Orgasmuskurse nicht mehr bei uns zu halten.«

»Geh bitte raus oder nimm dir einen Spiegel und setz dich zu uns«, erwiderte ihre Mutter.

Jetzt drehte sie völlig durch.

»Ich setze mich bestimmt nicht nackt auf einen Spiegel.«

Eine lange Diskussion mit Doris und deren Freundinnen über das Verhältnis zu ihrem Körper war wirklich das Allerletzte, was sie jetzt brauchte. Sie musste das Thema wechseln, und zwar schnell:

»Wo ist dein Pass?«

Der Urlaub sollte nämlich schon am nächsten Tag beginnen. Doris hatte eine Thailandreise gebucht, nur für sie beide. Und wenn sie nicht schon am Flughafen scheitern wollten, musste sich Lena wohl um alles kümmern. Wie im Übrigen die vergangenen neunzehn Jahre auch schon.

»Gurke«, schnurrte ihre Mutter, »es ist doch noch Zeit, was bist du denn so …?«

Lena unterbrach sie sofort: »Wir fliegen morgen früh, du hast noch nichts gepackt, es liegt Fleisch in der Küche, rotes Fleisch, auf dem Brett, auf dem ich mein Brot schneide, was bedeutet, ich kann da nie wieder drauf Brot schneiden, Nils hat Hunger und … und … und Frieder hat mir ein Liebesgeständnis gemacht.«

Mist. Wie konnte ihr das nur rausrutschen?

Die Frauen jauchzten auf:

»Hach! …Toooll! … Oho! … Ach wie süüüüß, die Kleine wird erwachsen …«

Unfassbar. Waren die nicht auch mal jung gewesen? Früher? Viel früher?

Jetzt half nur noch eins: Zwiebeln schneiden! Abreagieren! Sie ließ ihre Mutter und die Freundinnen jubeln, ging in die Küche und setzte sich ihre Taucherbrille auf. Es war zwar sowieso alles zum Heulen – aber es musste ja keiner sehen.

Nils war mittlerweile mit seinen Schweißarbeiten fertig, hatte sich den Helm aufgesetzt und hielt Lena unter enervierendem Gepiepse seinen »Scanner« entgegen, den er aus einer alten Briefmarkenlupe und einer CD gebastelt hatte. Lena war bedient. Renitent schlug er ihr auf den Hinterkopf und bezeichnete sie als fremde Spezies.

»Nils, kannst du das nicht mal … ausziehen?«

»Die Atmosphäre ist verseucht«, antwortete er metallisch, »ich kann hier nicht atmen.«

»Sobald deine private Krankenversicherung anläuft, kannst du dich auf eine schöne Therapie gefasst machen.«

»Ich will nicht, dass Tante Diana hier wohnt. Ich will mit in den Urlaub«, maulte der Astronaut.

Vielleicht sollte ich mit ihm tauschen, überlegte Lena. Während sie weiter wütend Zwiebeln hackte, kam ihre Mutter in die Küche. Sie hatte offensichtlich den letzten Teil des Gesprächs gehört:

»Du musst in die Schule«, konterte sie ungewohnt pädagogisch das Ansinnen ihres Jüngsten. »Lena und ich wollen mal so richtig die Sau rauslassen und Party machen.«

Da war das alte Problem. Meine Mutter, die beste Freundin. Nach Partymachen war ihr gerade wirklich nicht zumute, und wenn, dann sicher nicht mit ihrer überdrehten Mutter. Sie zog die Gummihandschuhe an, um das rohe Fleisch vom Schneidebrett zu schieben.

»Ich will nur lesen und überlegen, was ich studieren will. Sonst nichts.«

Ihr Handy klingelte. Frieder!!! Mit einem beherzten Handkantenschlag drückte sie das Gespräch weg. Doris war entsetzt. Lena fand, dass der drohende Urlaub doch einen Vorteil hatte: Sie würde drei Wochen Ruhe vor Frieder, dem Stalker, haben.

»Gurke«, fing ihre Mutter an, während sie zu ihr rüberkam und das Fleisch selbst in die Hand nahm, »du musst mal emotional aufmachen. Allein, dass du das rohe Fleisch nicht mit den bloßen Händen anfassen kannst – das erzählt so viel über dich.«

»Ja, dass ich Vegetarierin bin.«

Ihre Mutter aber kam jetzt in Fahrt. »Das Fleisch. Die Berührung. Die Nähe. Die Leidenschaft.«

Dabei knetete sie die Schweineschulter wie den Rücken eines spanischen Tänzers. Lena blickte sie durch die beschlagene Taucherbrille fassungslos an:

»Vielleicht kaufst du das Schwein nächstes Mal lebendig, dann hat es auch was davon.«

Währenddessen hatte sich Nils den Helm abgenommen, atmete die verseuchte Luft und sank langsam röchelnd am Küchenschrank hinunter auf den Fußboden. Eigentlich eine gute Performance, aber Lena und Doris waren erstens derlei Unsinn gewohnt, zweitens viel zu beschäftigt, um die Aktion zu würdigen, und drittens brauchte es schon ein bisschen mehr, um im Hause Schneider aufzufallen. So starb er, ohne besondere Aufmerksamkeit zu bekommen, auf dem Küchenfußboden vor sich hin.

Lena ging hinüber zum Kühlschrank. Irgendwas Fleischloses sollte doch zu finden sein. Ketchup, Mayo, Essiggurken, ein Käse, der nicht mehr viel von seiner originalen Farbe hatte. Und seltsam roch.

»So, Nille, komm, Tisch decken!«, flötete Doris zu dem noch immer am Boden röchelnden Astronauten. Er schaute sie kritisch an:

»Wieso setzt ihr euch eigentlich auf einen Spiegel?«

»Weil der weibliche Körper im Gegensatz zum männlichen voller Geheimnisse und Schatzkammern ist.«

»Lenas auch?«

Lena hielt inne. Wehe, Doris würde darauf antworten.

»Theoretisch schon, aber manche Schätze sind so tief vergraben, dass man erst ganz viele Löcher buddeln muss, um sie zu finden. Und es gibt kaum noch Männer, die Lust dazu haben. Und wenn man Pech hat, dann findet man all das Gold und die Perlen erst, wenn man so alt ist, dass man sich davon gar nichts mehr kaufen kann.« Doris seufzte theatralisch: »Außer einem Rollator.«

Lena verdrehte unter ihrer Taucherbrille die Augen: »Hallo? Ich bin noch im Raum!«

Es war einfach zu viel: Frieder, ihre sexuell überdrehte Mutter, dieses verhaltensgestörte Kleinkind, eine Schweineschulter auf dem Schneidebrett – und jetzt auch noch drei Wochen Thailand allein mit dieser Psychotherapeutin.

Der Appetit war ihr vergangen. Sie ging in ihr Zimmer. Wenigstens *sie* würde am nächsten Morgen einen gepackten Koffer haben.

»Gurke, pack bitte die Videokamera ein! Wir machen lustige Videos am Pool und stellen die auf Youpupe!«, rief ihr Doris nach und erntete einen genervten Schrei ihrer Tochter.

»ES HEISST NICHT YOUPUPE! UND AUCH NICHT MYFACE!«

Das Schlimmste, dachte Lena, während sie Bücher und Bikinis in ihren Koffer schleuderte, war ja, dass ihre Mutter sogar irgendwie recht hatte. Sie war total verkorkst. Sie würde sich vermutlich niemals verlieben. Das stand fest, darüber musste man überhaupt nicht nachdenken. Und schon gar nicht diskutieren. In wen sollte sie sich auch verlieben? Sie war erst einmal verliebt gewesen. Und zwar in Oliver Geissen. Aber darüber hatte sie nie mit jemandem gesprochen. Sie würde das niemals jemandem sagen. Höchstens Oliver Geissen. Den sie allerdings niemals treffen würde. So gesehen war das auch egal.

Sie schaute in den Spiegel, blickte sich tief in die Augen, fuhr sich durch das Haar, warf es zur Seite, nach hinten, probierte zaghaft ein wenig Lipgloss, nur um festzustellen, dass auch das eher wie Kriegsbemalung aussah. Aber woran lag das? Sie tröstete sich damit, dass sie einfach zu stark war, zu selbstständig. Zu intellektuell. Etwas so Profanem, gar Animalischem wie Liebe könnte sie sich nie hingeben.

Na ja … und vielleicht … war sie auch … aber nur … ein bisschen … verklemmt? Für eine Sekunde spürte sie so etwas wie Einsicht, Selbsterkenntnis. Aber ehe sie darüber nachdenken konnte, ob da was dran war, packte sie hektisch weiter. Unterwäsche. Im Handgepäck durfte auf keinen Fall Unterwäsche fehlen. Falls der Koffer verloren gehen würde, würde sie saubere Unterwäsche dabeihaben. Ein Gedanke, der ihr Halt gab.

4

Wenig später, es war Nacht geworden, kletterten zwei Schatten über die eisernen Tore einer pompösen Villa in Berlin-Dahlem. Eigentlich kletterte nur ein Schatten. Der andere Schatten fluchte wenig damenhaft vor sich hin.

»Ey, Alter, hilfst du mir mal, ich werd hier voll aufgespießt.«

Cem Öztürk, einundzwanzig und auf dem Testosteronzenit, bereute, dass er ein Mädchen mit auf die Mission genommen hatte. Nicht gerade zärtlich entkorkte er Cleos Zwanzig-Zentimeter-Stiefelabsatz von der Zaunspitze und zog sie zu sich herunter. Sie plumpste auf seinen Brustkorb und kicherte. Cem war genervt: Cleo wurde schon wieder horny.

»Ey, Cem, lass uns 'ne Nummer schieben.«

Sie kicherte und ihre riesigen Ohrringe wackelten.

»Ja, sicher.«

Er schob sie unsanft von sich herunter und klopft sich den Dreck ab. Sie waren nicht zum Spaß hier, es ging um seine Zukunft! Um seine Karriere!

Ständig wollte Cleo Sex haben. Und hören, dass er sie liebte. Und am liebsten beides gleichzeitig. Er ließ sie stehen und suchte nach einem offenen Fenster, um einzusteigen. Cleo musterte ihren kleinen Proll. Er sah so gut aus, fand sie. Und sie war sich ganz sicher, dass er berühmt werden würde. In dieser Nacht!

»Ey, das war immer noch meine Idee, vergiss das nicht, wenn du dein erstes Cover-Shooting machst«, raunzte sie und trippelte ihm nach.

Cem ignorierte sie. Wie meistens. Das war wichtig für einen richtigen Türken, dass man Frauen nicht zu viel Aufmerksamkeit schenkte.

Die Scheibe klirrte leise, als Cem sie mit dem Plastikflamingo aus dem Springbrunnen zerschlug. Er war sich nicht sicher, ob das okay war, aber man könnte den Schaden ja später mit seinem ersten Vertrag abrechnen.

Sein Weg war Hip-Hop! Und heutzutage musste man Mut und Originalität zeigen, um entdeckt zu werden.

»Check die Awards aus!«, flüsterte Cleo, die Cem etwas unbeholfen durchs kaputte Fenster ins gigantische Wohnzimmer folgte. Diverse Musikpreise stapelten sich auf dem Kamin. RUMS! Cleo war gegen einen Tisch gelaufen und hielt sich das Schienbein.

»Alter, geht's noch? Mach hier mal nicht 9/11, du Schwachköpfin«, fuhr Cem sie an und tastete im Dunkeln nach der Stereoanlage.

»Gib die CD«, forderte er.

Cleo fischte in ihrer riesigen pinken Handtasche, die perfekt zu ihrem pinken Lippenstift und ihrem pinken IQ passte, nach einer selbst gebrannten (und pink beschrifteten) CD.

Cem richtete währenddessen seine Halskette. Jetzt war er schon ein bisschen aufgeregt.

»Wie seh ich aus?«

»Killer«, flüsterte Cleo. »Die Labels werden dir aus dem Darm fressen.«

Sie drückte ihm einen fetten Schmatzer (richtig: rosa) Lipgloss auf den Mund.

Ein Label reicht mir schon, dachte Cem und ging in Gedanken noch mal seinen Text durch, während sie die Lautsprecherboxen der Stereoanlage so leise wie möglich in den feudalen Hausflur der Villa schleppten. Gleich würde jemand überrascht sein. Und bald darauf er selbst ein Star.

Auf der Schlafmaske des Mannes, der ein Stockwerk höher selig schnarchend in seinem Bett lag, prangten zwei goldene Dollarzeichen. Man würde wohl nie erfahren, wovon er in diesem Moment träumte. Vielleicht von den Grammys oder vom Dreh seines neuen Musikvideos. Sicher nicht von Cem Öztürk.

Als der Bass ertönte, schreckte er hoch. Was war das? Kam die Musik von unten? Er rollte sich erschrocken aus dem Bett, griff seine Nachttischlampe als Waffe und stolperte auf den Flur. Er hatte keine Ahnung, wer dieser Vollidiot war, der mit einer Goldkette und einer riesigen Sonnenbrille in seinem Hausflur stand und rappte.

»Alles funkelt und glänzt,
die Waffe macht BÄNG,
Cem ist der G,
der mit Schwanz Nutten sprengt,
Hurensohn, renn, Huren-, Hurensohn, renn!!!«

Und er hatte auch keine Ahnung, wer das aufgetakelte Mädchen war, das den Rapper auf einem Mini-Keyboard begleitete, er hatte lediglich das ungute Gefühl, dass er nicht träumte.

Cem hob die Finger zum Peace-Zeichen und machte eine kleine Pause.

»Okay, Alter, du kannst schon mal den Blankovertrag mit der sechsstelligen Summe raus…«

»SEID IHR GEISTESKRANK?! WAS MACHT IHR IN MEINEM HAUS?«

Der Mann schaltete das Licht an. Und Cem schielte irritiert am Rand seiner Sonnenbrille vorbei.

»Ey, Cleo. Das ist nicht Bushido.«

Cleo schwieg überfordert.

Cem zischte in ihr Ohr: »Mädchen, willst du mich verarschen, du hast gesagt, deine Tante putzt bei BUSHIDO!«

Sie legte den Kopf schief und überlegte. Gut, ihre Tante war popkulturell nicht ganz auf dem Laufenden und sie hatte ein kleines Faible für Alkoholmissbrauch, aber Bushido kannte doch jeder und man verwechselte ihn doch auch nur sehr schwer mit… war das Xavier Naidoo, der da gerade stinksauer vor ihm auf der Treppe stand?

»Lass uns gehen«, schlug Cem geistesgegenwärtig vor.

»Ihr seid so was von im ARSCH!«, schrie der falsche Bushido und packte Cem am Arm.

»Wir sind minderjährig«, log Cleo blitzschnell.

»Gebt mir die Nummer eurer Eltern. Sofort!«

»Oh nee!«, rief Cem kleinlaut. »Bitte nicht die Bullerei anrufen.«

Kommissar Öztürk bremste den schwarzen Zivilwagen unsanft in der Einfahrt ab. Cem und Cleo saßen schweigend auf der Rückbank. Metin Öztürk war stinksauer. Und hatte immer noch seinen Pyjama an, was die Sache irgendwie absurd machte. Cem hielt sich aber lieber mit Kommentaren zurück. Er hatte es nicht leicht mit seinem Vater, denn der war deutscher als alle Deutschen, die er kannte. Metin Öztürk war zweiundvierzig, seit knapp fünfzehn Jahren Witwer und von Beruf Kriminalkommissar. Er war höflich, korrekt und einfühlsam: ergo als Türke und Mann ein Totalausfall, fand Cem.

Metin öffnete die Autotür und zog Cem unsanft auf die Straße.

»Mir fehlen die Worte«, keuchte er.

»Mir auch«, konterte Cem. »Wieso ruft der Vogel bei dir an? Der Song war astrein.«

»Du hast eine kriminelle Tat begangen, Cem! Sei froh, dass der Mann an Nächstenliebe und Vergebung glaubt! Du bist nämlich schon vorbestraft!«

»Ja, aber das war ungerecht«, murrte Cem und checkte seine Checker-Frisur in der Spiegelung der Autoscheibe. »Ich habe bloß Hitler verprügelt.«

»Es war Fasching, Cem! Wie oft noch!« Metin musste sich zusammenreißen, um nicht laut zu werden. Sie wohnten in einer anständigen Gegend. Sie waren die einzigen Ausländer. Und Metin war stolz, dass sie unter den Deutschen nicht weiter auffielen.

»Cem, ins Haus! Cleo, ich fahr dich nach Hause. Wo wohnst du?«

»Moabit«, maunzte Cleo schuldbewusst.

Metin seufzte. Wo sonst?

Cem protestierte. »Moment, sie muss noch für mich packen.«

Metin sah ihn drohend an. Cem schwieg und nickte Cleo zum Abschied zu.

»Hä?«, Cleo sah irritiert aus dem offenen Fenster des Autos. »Wieso packen? Fährst du weg?«

Cem wusste doch, dass er was vergessen hatte. Er wollte ja vor der Abreise noch Schluss machen. Nicht, dass sie noch eine Postkarte oder so was erwartete.

»Ja, wir fahren in Urlaub und so«, stellte er beiläufig fest.

Metin stieg ein und versuchte seinen sozial inkompetenten Sohn zu ignorieren. Er wollte sich nicht noch mehr aufregen.

»Aber ich habe morgen Geburtstag!«, schrie Cleo ihn an.

Cem stöhnte. Er hatte wohl noch was vergessen.

»Äh, ich habe eh kein Geschenk.«

Metin startete den Motor und fuhr los. Cem war sich nicht ganz sicher, ob er alles verstand, was Cleo ihm aus dem offenen Fenster nachbrüllte, aber es war ihm auch egal. Er war sehr unzufrieden mit dem Tagesverlauf und wusste, dass er mindestens vier Pornos gucken musste, um den ganzen Shit zu vergessen.

5

Am nächsten Morgen war die Stimmung in der Festung Öztürk, wie Cem das mit diversen Sicherheitsanlagen versehene Haus in Zehlendorf nannte, entsprechend mies.

Cem schmiss Klamotten in seinen Koffer – seiner Rapperkarriere würde dieser Urlaub voraussichtlich nichts nutzen; aber man wusste ja nie. Deshalb nahm er sich auch Zeit für die entscheidende Frage: welche Sonnenbrille? Der restliche Kram würde schon irgendwie passen. Sein Vater wollte die Koffer auf der Badezimmerwaage wiegen. Nicht, dass man am Ende ein paar Gramm über den erlaubten zwanzig Kilo liegen würde und gar in die Gefahr einer Strafzahlung kommen würde! Scheiß Spießer, dachte Cem.

»Ich hatte dich gebeten, diese Cleo nicht mehr zu treffen!«, rief Metin aus der Diele.

»Sie ist in meiner Band!«, brüllte Cem zurück.

»Welche Band? Du sollst dein Abi machen! SONST NICHTS!«

Im Ernst: Warum machte Metin immer solchen Stress wegen des Abis? Cem war zweimal durchgefallen – na und? Wer brauchte schon Abi? Hatte Özil Abi? Bushido? Oder 50 Cent? Die hatten die Verträge, die sie zu Millionären gemacht hatten, sicher nicht auf dem Gymnasium bekommen.

Cems Schwester Yagmur kam die Treppe heruntergerannt und mischte sich in das Vater-Sohn-Gespräch ein:

»Ihre Mutter ist Masseuse«, sagte Yagmur. »Und sie trägt keinen BH!«

Yagmur hatte ganz anders auf den frühen Tod der Mutter und auf ihren fortan alleinerziehenden Vater reagiert als ihr etwas älterer Bruder: Sie war tief religiös geworden. Yagmur trug stolz ihr Kopftuch und verbarg ihren Körper unter weiten Kleidern. Sie war Muslima durch und durch, genau wie ihre Mutter es gewesen war, und begriff weder die Anbiederei ihres Vaters an Deutschland, wenngleich sie hier seit Jahren lebten, noch die Machohaltung ihres Bruders. Die allerdings passte immerhin in ihr Weltbild und so ordnete sie sich dem großen Bruder unter. Sie sah sich als einzigen Halt im moralischen Abgrund, auf den ihre Familie unweigerlich zuschlidderte.

»Wer trägt keinen BH?«, raunzte Cem. »Cleo oder ihre Mutter?«

»Ich kenne ihre Mutter nicht, aber Baba hat mir erzählt, dass sie unmoralische Dinge tut. Und die Dattel fällt nicht weit vom Stamm.«

Hä? Wieso hatte sein Vater Yagmur Dinge über die Mutter seiner Freundin erzählt?

»Was laberst du denn? Woher willst du das wissen?«, rief Cem in Richtung Metin.

»Ich habe sie gecheckt«, erwiderte der beiläufig, während er ins Display der Alarmanlage neben der Haustür den Aktivierungscode eingab.

Cem war fassungslos. Sein Vater war paranoid, definitiv.

»Alter, hör auf, ständig alle Leute zu checken, mit denen ich rumhänge!«

»Du weißt, dass wir gefährlich leben!«

»Mann, du bist bei der Polizei, nicht beim Geheimdienst«, erwiderte Cem patzig.

»Und du bist aus Zehlendorf und nicht aus Neukölln!«

Und nur wer Metin gut kannte, merkte, dass seine Stimme dabei leise zitterte. Als wollte er Cem daran erinnern, dass die Familie ein dunkles Geheimnis umgab. Eines, über das man nicht gern sprach. Cem wusste das sehr genau. Aber sein Vater übertrieb. Und weil er gerade in Stimmung für ein bisschen Streit war, setzte er noch einen drauf.

»Alter, chill mal. Nur weil du nichts zu poppen hast, musst du mich nicht ständig anscheißen.«

Cem verzog feixend die Augenbrauen und folgte Yagmur vor die Haustür. Metin stolperte ihm fassungslos nach.

»Ich habe nichts zu … Ich habe nichts zu …? Ich habe gerade letzte Woche ein sehr angenehmes Online-Date gehabt!«

Cem erinnerte sich. »Ja, und als sie dich zum Abschied küssen wollte, hast du ihr ein Küsschen auf die Stirn gegeben und dich gewundert, wieso sie nicht mehr angerufen hat.«

Jetzt wurde Metin sauer.

»Ich wünsche mir vierundzwanzig Stunden, Cem! Vierundzwanzig Stunden, ohne dass du was kaputt machst, jemanden verprügelst oder verhaftet wirst! Ich frage mich, wann du endlich mal lernst, Verantwortung zu übernehmen, und ein Mann wirst!«

Zack, bekam Cem eine kleine Nackenschelle – und

dieses Mal schwieg er. Er hatte Schiss, dass sein Vater ihm sonst die hundertfünfundzwanzig Euro Urlaubsgeld wieder wegnehmen würde.

Metin zog die Chipkarte durch den Scanner an der Hauswand und vergewisserte sich durch die gläserne Tür (schusssicher!), dass die Laserstrahlen in der Diele blitzartig den Vorraum durchkreuzten. Das Haus war so sicher wie Fort Knox.

»Los, zum Auto! Ich will zweieinhalb Stunden vor Abflug am Flughafen sein«, befahl der Kommissar und stampfte die Ausfahrt hinunter.

Yagmur, die die ganze Zeit fast unbemerkt neben Cem gestanden hatte, hatte noch ein schadenfrohes Grinsen auf dem Gesicht. Cem hatte den Klaps verdient! Als Cem ihren Blick auffing, erfror das Lächeln seiner kleinen Schwester umgehend.

»Was guckst du so?«, blaffte er.

»Tut mir leid«, stammelte Yagmur kleinlaut.

»Tut mit leid, wer?«

»Tut mir leid, großer Herrscher und Meister«, korrigierte Yagmur sich und senkte devot den Blick auf Cems Jogginghosenbeine. Der war zufrieden.

»Nimm meinen Koffer«, befahl Pascha Cem und ließ Yagmur stehen.

Sie flüsterte das A-Wort. Aber nur ganz leise.

6

Im Garten des Hauses Schneider stand die »Doris II« zum Start bereit. Astronaut Nils »Nille« Schneider lief andächtig um sein gut zwei Meter hohes Werk aus Altblech, Sperrmüll und Alufolie. Den silbernen Schutzanzug hatte er angelegt, sein Strahlengewehr im Anschlag. Drei Wochen mit Tante Diana standen ihm bevor, und er wusste noch nicht, ob ihm das gefallen sollte. Er rechnete damit, dass er den Großteil der Zeit in seiner Rakete verbringen würde. Zur Sicherheit schleppte er noch ein paar Gläser mit sauren Gurken in seine neue Bleibe.

In jeder Familie herrschte vor einer großen Reise Chaos. Bei den Schneiders war es so unaufgeräumt wie immer. Doris schob einen Haufen Krimskrams zur Seite, um Platz auf dem Küchentisch zu haben. Da Flüssigkeiten verboten waren, gab es nur eine Chance, ein bisschen Alkohol ins Flugzeug zu schmuggeln: Zielsicher goss sie Wodka aus einer 0,75-Liter-Flasche in eine leere Flasche Nagellackentferner. Die würde es in ihrem Kosmetikbeutel sicher in die Kabine schaffen.

»Juhuuu«, quiekte es aus der Diele, »Dodo, where are youuuu?«

Diana war da, Doris jüngere und deutlich ordinärere Schwester. Sie arbeitete als Englisch- und Mathematiklehrerin und war aktiver Single. Sie sollte an diesem Morgen erst Lena und Doris zum Flughafen bringen und anschließend Nils und das Haus hüten.

»Hey, Didi«, rief Doris aus der Küche, »bin hier hinten, im Frauenknast!«

Die beiden Damen begrüßten einander, Küsschen links, Küsschen rechts, Küsschen auf den Mund. Diana hatte einen üppigen Busen, den sie mit meist grellen engen Oberteilen betonte. Über die Schulter ihrer Schwester sah sie die silbrig glänzende Rakete »Doris II« im Garten. Und einen kleinen Astronauten, der mit grimmigem Blick seine Strahlenkanone auf sie richtete.

»Oh Gott, ich habe das Gefühl, dein Sohn entwickelt sich zum Einzelgänger«, sagte Diana besorgt.

»Nicht nur mein Sohn.«

»Aber Lena wohnt nicht in einer Rakete.«

Nils verschwand im Inneren seines Mondzubringers, was Doris nicht weiter kümmerte, sie war damit beschäftigt, einen vollgekritzelten Zettel zu finden, den sie ihrer Schwester in die Hand drückte.

»Hier, das muss alles erledigt werden. Nils isst im Moment nichts außer Reis und saure Gurken. Seinen Stundenplan habe ich verschlampt, aber morgens hat er meistens Mathe, da muss er nicht unbedingt hin.«

Aus Respekt gegenüber ihrem Job war Diana eine Sekunde lang gespielt entsetzt.

»Darf er Freunde mit nach Hause bringen?«, fragte sie dann.

»Wenn er welche findet, gerne.«

Lena hatte von alledem nur Bruchstücke mitbekommen, als sie in die Küche kam. Sie hatte eine furchtbare Nacht hinter sich. Sie hatte vier Mal ihre Packliste umgearbeitet und war sich nach wie vor nicht sicher, ob sie genug Handwaschmittel dabeihatte. Sie würde den ganzen Flug darüber nachdenken müssen.

»Können wir los?«

In diesem Moment erblickte sie etwas, was alles andere unwichtig werden ließ.

»Oh Gott, Mama, du nimmst jetzt nicht die Penistasche!«

»Wieso? Die ist total cool, voll Siebziger.«

Doris nahm die türkisblaue Kunstledertasche in Form eines männlichen Geschlechtsteils mit beiden Händen hoch und richtete sie auf Diana.

»Peng«, machte Doris. »Peng! Peng!«

Wie es sich für die Schneider-Schwestern gehörte, stieg Diana gleich darauf ein, krümmte sich wie vor Schmerzen und presste ein »Ich bin schwanger« hervor. Dann brachen beide in hysterisches Gelächter aus. Lena wusste, dass so ein Lachflash dauern konnte. An Weihnachten hatten sie sich mal so lange gekugelt, bis Dianas Blinddarm durchbrach. Da waren sie aber auch schon seit dem Frühstück besoffen gewesen.

Lena setzte sich allein ins Auto und wartete. Vor allem darauf, dass irgendwas Großes auf sie und das Auto stürzte. Vielleicht ein Meteorit. Oder Weltraummüll. Vergeblich.

7

Dianas weißer Golf GTI war eine Mischung aus Müllhalde, Frauenhaus und Bitch-Mobil. Auf dem Armaturenbrett und der Hutablage türmten sich Verpackungen für Hamburger und Döner – Diana schwor auf Fleischdiäten –, am Innenspiegel baumelte ein Duftbaum in Form eines nackten Adonis, das Lenkrad war mit Leopardenfellimitat überzogen und auf der Heckklappe klebte das Motto der Schneider-Schwestern: »Thank God, I'm a woman.«

Verkehrsschilder waren für Spießer, fand Diana und überholte einen schwarzen BMW, der so langsam durch die Tempo-30-Zone fuhr, dass man sicher zu Fuß schneller gewesen wäre.

»Didi, du verbrauchst total viel Benzin, wenn du so schnell fährst«, jammerte Doris und hantierte mit ihrem Lippenstift.

Diana kommentierte Doris' Ökopredigt mit einer deutlichen Geschwindigkeitserhöhung. WUMM! Schlaglöcher erinnerten daran, in welcher Stadt man sich befand. Doris hüpfte wie ein Flummi auf und ab. »Didi, bitte fahr nicht so schnell, ich muss mich schminken! Und ich sehe gleich aus wie Nina Hagen.«

Diana blickte zu Doris und kicherte über den verschmierten Lippenstift. Außer Lena blickte niemand mehr nach vorn.

»Es WIRD ROOOOOOOT!«, brüllte Lena von hinten. Wegen des verdammten Schlaglochs war ihr Kugelschreiber ausgerutscht. Sie hatte sich ein paar der herumliegenden Schulhefte aus Dianas Klasse vorgenommen und angefangen, die schlimmsten Fehler zu korrigieren.

Diana stieg abrupt in die Eisen, eine Bremsspur von mehreren Metern Länge lötete sich in den Asphalt. Aber der Golf stand. Doris hatte sich während des Stopps eine weitere Lippenstiftfurche über die Wange gezogen und sah nun in der Tat aus, als hätte sich Nina Hagen blind geschminkt. Nils saß ruhig neben Lena – er tat so, als ob er schlief. Er war immer noch beleidigt, dass er zu Hause bleiben musste.

Lena blickte erschöpft aus dem Fenster. Der schwarze BMW, den sie eben überholt hatten, hielt neben Dianas Golf.

Metin Öztürk schaute nach links zu den beiden Frauen im weißen Golf.

Yagmur Öztürk war fassungslos, als sie die blonde Frau mit dem Lippenstift-Inferno im Gesicht erblickte.

»Guck mal, wie die Frau aussieht«, flüsterte sie besorgt zu ihrem Vater hinüber. »Ob die geisteskrank ist?«

Metin Öztürk war das Make-up-Desaster gleichgültig, ihn störte etwas ganz anderes an den Damen im Auto nebenan. Schließlich fuhr er den Polizeiaufkleber auf dem Kofferraumdeckel ja nicht nur spazieren.

»Wieso guckt denn der Albaner so rüber?«, fragte Lena die anderen Schneiderinnen im Wagen.

Metin drückte den Knopf, und seine Scheibe glitt surrend nach unten.

Doris öffnete ebenfalls ihr Seitenfenster.

»Kleiner Tipp: Dreißigerzone«, sagte Metin belehrend.

»Danke für die Info«, erwiderte Doris lächelnd, »Sie Spießer!«

Ohne ihn eines weiteren Blickes zu würdigen, ließ sie ihr Fenster hochfahren.

»Das war Beamtenbeleidigung«, stammelte Metin.

Lena hatte derweil Yagmur entdeckt.

»Hat die ein Kopftuch auf? Fahr bitte schnell weiter, bevor sie den Zünder drückt.«

»Lena!«, entfuhr es Doris. »Ich war auch in der Kirche. Früher. Als ich keine andere Möglichkeit hatte, an Alkohol zu kommen.«

Es war immer noch rot.

Cem, der tief in den Rücksitz hinter seinem Vater eingesunken war, bekam von alledem nichts mit. Sein MP3-Player betäubte ihn mit Rap. Er gähnte herzhaft, als er im Augenwinkel bemerkte, dass ihn das rothaarige Mädchen aus dem Auto nebenan beobachtete. Er war noch immer müde und ein bisschen gereizt und starrte provokativ zurück.

Lena fühlte sich recht sicher in ihrem Auto und machte eine Grimasse. Cem stieg wie ein Neunjähriger drauf ein und machte ebenfalls eine. Lena antwortete mit ihrem Mittelfinger.

Alter, dachte Cem, was war das denn für eine deutsche Schlampe?

Blöder Kanacke, fuhr es Lena durch den Kopf, als es grün wurde und Diana mit quietschenden Reifen davonraste.

Aber als sie zehn Minuten später auf das Rondell des Flughafens Tegel fuhren, hatte Lena ihn längst vergessen.

Diana stoppte abrupt vor dem Gate Nummer 13 im absoluten Halteverbot und die vier sprangen aus dem Auto. Während Lena die Koffer aus dem Kofferraum riss, erinnerte Doris alle an ein fälliges Familienritual:

»Leute, ganz schnell, der Kreis.«

Lena kotzte innerlich. Selbst unter höchstem Zeitdruck konnte Doris nicht von ihren sinnlosen Therapiemacken lassen. Sie stellten sich also im Kreis auf und fassten einander an den Händen.

»Wir lieben uns, weil …«, säuselte Doris fragend.

»… wir dich im Alter versorgen müssen«, ergänzte Nils.

»… weil wir uns Geld leihen.« Das kam von Tante Diana.

Alle schauten Lena an:

»Ich weiß ehrlich gesagt nicht, warum. Ich weiß nur, dass wir imagetechnisch irgendwo zwischen Kelly Family und Zwangsweste stehen.«

Doris lächelte zufrieden. Lenas aufmüpfige Widerstandsbewegungen ignorierte sie schon seit Jahren gekonnt. Stattdessen spitzte sie die Lippen und flötete:

»Riiiiiesenkuss!«

Dann knuddelten sich alle, Diana Lena, Doris Nils, Nils Lena und Diana Doris. Lena war sich nicht ganz sicher, wessen Sabber ihr jetzt gerade die Wange runterlief. Sie hoffte nur inständig, dass es nicht Nils' war.

»Okay, los jetzt«, erinnerte sie ihre Mutter und ergriff die Chance zur Flucht.

»Bringt mir einen geilen Südländer mit!«, schrie Diana ihnen nach.

Mit Rollkoffern bewaffnet hetzten Mutter und Tochter

durch den Flughafen. Natürlich wusste Doris nicht das Gate und natürlich hatte Lena die Tickets. Während sie in letzter Sekunde das Flugzeug betraten, fragte sich Lena, wie es sich wohl anfühlte, eine ganz normale Familie zu haben.

8

Immerhin empfing sie die Chanta-Air-Stewardess mit einem freundlichen Augenzwinkern. »Frau Hermsdorf« stand auf dem gravierten Schild an ihrer Brust.

»Welcome on board, willkommen«, zwitscherte sie lächelnd.

Doris lächelte zurück.

»Haben Sie was zur Beruhigung?«

»Oooh. Flugangst?«, fragte Frau Hermsdorf, die stilecht in Rosa und Lila gewandet war und eine Orchidee im Haar trug.

»Nein, nein, nein, ich habe bloß ein schlechtes Gewissen wegen CO_2.«

Stille.

Lena fiel nicht mal ein dummer Kommentar ein. Ihre Mutter war einfach nur crazy.

»Nein, da habe ich leider nichts da«, antwortete die Stewardess und lächelte gequält, während sie einen Schritt zurücktrat, weil sich Lena mit rollenden Augen und peinlich berührt zwischen ihr und Doris hindurchdrückte, um durch die Reihen nach vorn zu gehen. Wenige Sekunden später trippelte Doris ihrer Tochter bereits hinterher, offensichtlich auf eine gemeinsame, total witzige und megacoole Flugreise hoffend.

»Ich sitze 13 A«, sagte Doris erwartungsvoll.

»Und ich bin 1 D«, antwortete Lena gelangweilt.

Doris stutzte:

»Wieso? Du hast uns doch online eingecheckt.«

Allerdings, dachte Lena. Und das war die größtmögliche Entfernung zu dir.

»Ja, total blöd gelaufen«, sagte sie mit Bedauern in der Stimme. »Kennst du ja, online ist immer so eine Sache.«

Ohne sich dafür zu interessieren, wie sich ihre Mutter hinter ihr in Reihe 13 einrichtete, ging sie ganz nach vorn in Reihe eins. Mittelplatz, natürlich, und natürlich saß neben ihr schon einer. Irgendein Südländer, die Füße prollig hochgelegt, den Gang verstopfend, Kopfhörer im Ohr. Lena schaute ihn kühl an.

»Ich müsste da mal rein.«

»Sorry, heute nur für Stammgäste«, war die Antwort.

Wollte da jemand witzig sein? Lena verzog keine Miene. Ihr Gesichtsausdruck näherte sich polaren Temperaturen. Also nahm der junge Mann die Beine runter und ließ Lena durch. Dann ging ihm ein Licht auf.

»Ey, wir kennen uns doch«, sagte er, schließlich geisterte ihm die seltsame Fahrt zum Flughafen die ganze Zeit im Kopf herum.

»›Ey‹ ist schon mal gar nicht«, sagte Lena und schaffte es, dass die Temperatur in ihrer Stimme sich einem nuklearen Winter näherte.

Aber auch Cem kam jetzt auf Touren.

»Du bist doch die Schlampe, die mir den Mittelfinger gezeigt hat.«

»Stimmt. Ich habe dein dämliches Gesicht gar nicht mehr in Erinnerung gehabt«, sagte sie gespielt liebenswürdig. Und änderte dann die Stimmlage bedrohlich:

»Nenn mich noch einmal Schlampe und du kriegst von mir persönlich einen Abschiebestempel – und zwar zwischen deine Beine.«

»Alter, WAS hast du gerade gesagt, du Flamingo?«

Zum zweiten Mal innerhalb kürzester Zeit hatte ihn die blasse deutsche Kuh so vehement auflaufen lassen, wie er es noch nie erlebt hatte. Es passierte ihm nicht oft, aber: Cem wusste nicht, was er noch sagen sollte.

Lena schon.

»Okay, ich kann hier nicht bleiben«, stellte sie fest, schnallte sich wieder ab, stand auf, drehte sich um und suchte nach Reihe 13.

»Mama, ist bei dir noch was frei?«, rief sie durchs Flugzeuginnere.

Doris sprang auf und winkte ihr freudestrahlend zu.

»Klar! Ich habe schon Sekt bestellt! Und es gibt Bord-Shopping! Äh, kannst du mir was leihen?«

In diesem Moment, in dem etwa 150 Augenpaare auf sie gerichtet waren, wurde ihr klar, dass Reihe 13 auch nicht besser sein würde. Eher noch schlimmer.

Zehn Sekunden im Flugzeug und schon lächerlich gemacht, dachte Lena und ließ sich wieder in ihren Sitz plumpsen. Dann doch lieber der Vollproll als ihre Mutter.

Cem grinste hämisch.

»Wieso sitzt du nicht bei deiner Kartoffel-Mutter?«

Lena atmete durch, das kannte sie ja von Nils. Gar nicht drauf eingehen.

»Wir reden jetzt gar nicht mehr. Wir sind ganz, ganz

still«, sagte sie, ohne Cem anzusehen, und so eindringlich, als spräche sie mit einem Kleinkind. Was Lenas Sicht der Dinge sehr nahe kam. Cem hatte seine angeborene Coolness längst wiedergefunden, zog die Augenbrauen hoch und drehte sich nach links. Auf der anderen Seite des Gangs saß seine Schwester Yagmur.

»Ey, Yagmur, gib mal mein DS. Oder den Playboy. Hast du den Playboy vorne mitgenommen?«

»Ich habe nur die InStyle.«

»Ja, gib her, Hauptsache Titten.«

Erst als Lena empört aufblickte, bemerkte sie, wem die verschüchterte Stimme gehörte. Der kopftuchtragenden Bombenlegerin von vorhin. Dann konnte ja der Albaner, der am Steuer saß, auch nicht weit sein. Neben der Islamistin saß ein käsiger Typ mit Baseballkappe, der etwas nervös in einem Playboy blätterte. Auf seinem Bein lag eine Broschüre mit der Titelzeile »Delfintherapie – Endlich wieder sprechen!«.

Geil. Die Reihe mit den Vollhonks, dachte Lena. Und Cem legte nach. Er zog sein rechtes Bein hoch, holte einen Gegenstand aus seiner Socke, den er seiner Schwester hinüberreichte. »Und pack mal mein Klappmesser ein.«

Lena war geschockt.

»Wozu brauchst du das?«, fragte Yagmur ebenso verwundert.

»Falls die Neger uns abziehen«, war Cems lapidare Antwort. Den dunkelhäutigen Fluggast neben Lena hatte er nicht bemerkt. Lena entschuldigte sich bei dem Farbigen für Cems Existenz mit einem verlegenen Lächeln.

»Cem, wir fliegen nach Thailand«, korrigierte Yagmur beflissen, »das sind Asiaten.«

»Okay, falls die Reisfresser uns abziehen«, verbesserte sich Cem.

Die asiatische Passagierin neben dem Farbigen hatte er ebenfalls übersehen.

Lena holte ihr Buch raus und begann hektisch zu lesen. Verdrängung war immer noch die beste Lösung. Sie kam allerdings nicht weit, denn der Proll neben ihr schob ihren Ellenbogen plötzlich über die Armlehne und deutete mit der Handkante eine imaginäre Sitzgrenze an.

»Bis hier gehört mir. Da ist die Linie. Bis hier.«

Lena atmete ruhig durch, zählte bis zehn, zählte bis zwanzig, blätterte Seite um Seite ihres Buches weiter, las aber nichts, sondern beruhigte sich mit ihrem Mantra, das ihr wie eine Verheißung durch die Gehirnwindungen sauste:

Es sind nur zwölf Stunden Flug. Nur zwölf Stunden, dann bin ich ihn wieder los.

Wenn sie sich da mal nicht irrte.

9

Irgendwann war auch das Bordessen überstanden und es wurde dunkel. Lena nahm ihre Schlafbrille aus der Plastiktüte in der Sitztasche vor ihr, rückte ihr Minikissen zurecht und schlief ein. Sie träumte von einer Welt ohne Albaner und von einer Mutter, die Eintopf kochte, und einem Vater, der den Rasen mähte, von Eltern, die ganz normale Dinge taten.

Das Ruckeln nahm sie erst gar nicht wahr. Genauso wenig wie den Klingelton und das Leuchtzeichen, die zum Anschnallen aufforderten. Das Gestammel der Stewardess drang nur langsam in ihr Ohr.

»Mei-ne Da-men und Her-ren, so-eben hat der Pi-lot das Sig-nal zum An-schnal-len gegeben, weil wir ein Gebiet von Tur-bu-len-zen durch-fliegen.«

Die Nervosität in ihrer Stimme bemerkte Lena zwar, sie war aber noch zu schläfrig, um das einzuordnen. Sie beschloss sich anzuschnallen, bevor sie weiterschlief, und tastete nach der Gurtschnalle.

»Äh, packst du mir an den Arsch?«, fragte der fahl beleuchte Proll neben ihr.

Jetzt war Lena wieder wach. Hellwach.

»Ich will mich anschnallen, du Idiot.«

Die Turbulenzen waren mittlerweile so heftig, dass es sie fast aus dem Sitz hob und die Stewardess nur mehr stolpernd und unter größter Mühe vorankam. Cem blickte zum Fenster. Grüne Lichtschwaden färbten die Nacht vor den Fenstern.

»Ey, das ist Vulkanasche. Das habe ich bei ›Welt der Wunder‹ gesehen. Ey, Frau Stewardess, ist das Vulkanasche?«, rief Cem in das Flugzeug.

Lena wollte noch etwas sagen wie »Sicher, RTL2, das passt«, aber irgendwie war ihr schon nicht mehr nach Sarkasmus. Vulkanasche ist nämlich irgendwie eine beängstigende Erscheinung. Vor allem zehntausend Meter über dem Erdboden.

Und plötzlich ging alles ganz schnell. Ein Knall ließ das Flugzeug erbeben. Ein Lichtschein von der linken Tragfläche her ließ den ganzen Innenraum gleißend hell werden. Es ruckelte nicht mehr, es zog Lena hinunter wie bei einer Fahrt in einer supermodernen Achterbahn. »Das Triebwerk brennt«, brüllte jemand hysterisch. Sauerstoffmasken purzelten aus der Decke. Lena versuchte, eine zu greifen, sie begann zu schreien, Cem auch, er packte sogar ihre Hand. Ihren Arm? Vielleicht. Vieles zog an ihr vorbei. All die Geburtstage, die einsamen Mittagessen aus Kühlschrankresten, die dicke Brille und die Zahnspange.

Infernalischer Lärm, wie in einem Eisenbahntunnel, wenn das Fenster offen steht. Sie bekam keine Luft mehr. Als ihr die Sinne schwanden, fühlte sie nur noch, dass es runterging. Lena fühlte sich zusammengestaucht auf Gnomengröße. Sie wollte beten. Aber sie hatte in der

Schule leider Werte und Normen gewählt und war sich nicht sicher, ob es moralisch okay war, sich so plötzlich für eine Religion zu entscheiden. Sie entschied sich daher für ein Adventsgedicht. Dann wurde sie endlich bewusstlos.

10

Lena erwachte von einem miefigen Gestank. Sie öffnete matt die Augen und stellte fest, dass sie sich im Schlaf an ein paar versiffte Sneakers gekuschelt hatte. Igitt!

Sie drehte sich um und blickte nach oben. In schwarzer Schrift stand da: »RIA ATNAHC«. Und darunter: »YLEFAS YLF«.

Wo war sie? In der Südsee, im Weltall, in einer anderen Dimension? War sie tot, und das war die Fähre über den Styx?

Es ratterte in ihrem Kopf. War die Reihenfolge der Buchstaben richtig? Sie versuchte, sie spiegelverkehrt zu lesen: »CHANTA AIR – FLY SAFELY« stand da auf einer Plane. Sehr witziger Slogan, Chanta Air. Sie befand sich also im Inneren einer orangefarbenen aufblasbaren Rettungsinsel. Wie war sie da reingekommen? Erinnerungsblitze zuckten durch ihren Kopf. Der Proll von der Kreuzung, das Feuer, das Ruckeln, die Schreie, die Achterbahnfahrt, die Todesangst.

Schreie hatten sie nach dem Absturz aus ihrer Ohnmacht gerissen. »Den Leuchtstreifen am Boden folgen!«, brüllte eine grelle Stimme. Als sie die Augen öffnete, stieg gerade jemand über sie hinweg. Kinder kreischten. Frauen heulten. Wellen klatschten. Sie drehte sich und begann den anderen Passagieren hinterherzurobben. Ihre Kleidung wurde nass, immer mehr Wasser lief in das Flugzeug. Als sie die Kabinentür erreichte, rief sie nach Doris. »Mama!« Keine Antwort. Draußen schlugen hohe Wellen. Über dem Horizont schien der Mond. Das Wasser war schwarz. Überall auf der Wasseroberfläche tanzten die gelben Signallampen der Rettungsinseln. Dann wurde sie von einem sehr agilen Rentner aus dem Flugzeug geschubst, schluckte Wasser und zog sich mit letzter Kraft in eine der Rettungsinseln hinein. Dann hatte sie die Erschöpfung übermannt und alles war wieder schwarz geworden.

Nun lag sie hier und hatte überlebt. Oh Gott! Jetzt würde sie bestimmt zu sternTV eingeladen werden. Lena bewegte langsam ihren rechten Arm. Nicht gelähmt, gebrochen oder abgerissen. Damit schwand natürlich die Chance, zu sternTV eingeladen zu werden. Sie betastete vorsichtig ihr Gesicht. Immerhin: keine Schmerzen, aber das konnte ja auch der Schock sein. An ihren Fingern klebte Blut. Scheiße. Sie berührte das Blut mit ihrer Zungenspitze. Es schmeckte nach Tomaten, nach Tomatensaft. Beim Absturz war offenbar die gesamte Bordküche durch den Flieger gerasselt. Wie stand es um innere Verletzungen? Lena hustete in ihre hohle Hand. Auch da: kein Blut. Sie rappelte sich auf und sah sich um. In der Ecke lag der Heini vom Fensterplatz, über ihm das Mädchen mit dem Kopftuch und direkt neben ihr in den Turnschuhen: der Arsch von der Ampel, der Idiot vom Nachbarplatz, der stänkernde Prolet. Er sah erstaunlich friedlich aus, wie er so dalag, den Kopf hübsch drapiert zwischen den Luftpolstern seiner gelben Schwimmwesten. Friedlich? OH GOTT! WAR DER TOT?

Lena starrte ihn entsetzt an. Sie hatte noch nie einen Toten gesehen. Außer im Tatort. Sie streckte vorsichtig die linke Hand aus und tippte dem Kerl leicht an die Wange. Sie war sehr vorsichtig, denn bei Albanern, oder was der auch immer war, wusste man ja nie.

Nichts.

Sie streckte den Zeigefinger erneut aus, erreichte sein linkes Auge und zog behutsam das Lid nach oben. Das Weiß in seinen Augen sah gruselig aus. Sie startete einen neuen Versuch und hielt ihm die Nase zu.

Cem schreckte hoch, setzte sich blitzartig auf und brachte die rechte Faust in Schlaghöhe. Kein Angriff – nur die Rothaarige aus dem Flugzeug.

»Bist du blöd?«, keuchte er.

Lena schaute ihn ängstlich an. Schweiß tropfte von seiner Stirn. Er sah ein bisschen gewalttätig aus. Lena verzog weinerlich ihr Gesicht. Sie war kurz davor, loszuheulen. Aber sie riss sich zusammen. Nicht vor dem Arsch.

»Ich. Höre. Keine. Feuer. Wehr.«

Cem überlegte kurz, suchte nach Worten, um ihren Tränenausbruch zu verhindern:

»Vielleicht brauchen die noch ein bisschen.«

Dann wandte er sich nach rechts, wo seine Schwester lag, und weckte sie unsanft.

»Yagmur, alles klar? Lass uns aussteigen.«

Yagmur stöhnte leise. Sie war also auch okay.

Binnen weniger Augenblicke war Cem klar geworden, dass hier ein starker Anführer gebraucht würde. Und wer außer ihm sollte das sein?

»Los, lass uns aussteigen.«

Er richtete sich auf. Die Gummizelle quietschte bedrohlich.

»Nein, wir müssen hier drinbleiben. Das ist wichtig«, sagte Lena mit zittriger Stimme, »aus Versicherungsgründen.«

Cem zog verächtlich die Oberlippe hoch und öffnete mit einem Ruck den Reißverschluss. Ein Schwall frischer, sehr heißer Luft strömte ins Innere des Zelts. Das wabernde Orange wich dem strahlenden Blau des Himmels.

Cem sah feinsandigen Strand, der nach ein paar Metern von Sträuchern und Palmen abgelöst wurde. Sonst war nichts zu sehen. Einige Vögel kreischten und das Meer rauschte gleichmäßig. Lena wagte nicht, nach draußen zu schauen. Sie kniff die Lider fest zusammen.

»Gibt's da draußen eine asphaltierte Straße oder ein Nottelefon?«

Lenas Stimme leierte, so erbärmlich war ihr zumute.

»Äääh …« Cem sah sich langsam um. »Nicht direkt.«

Er ging ein paar Meter durch den Sand, um an die nächstbeste Palme zu pinkeln.

Zaghaft öffnete Lena den zweiten Reißverschluss. Sie sah einen endlosen, einsamen Strand – und fühlte brennendes Sonnenlicht auf ihrem Gesicht. Die Hölle für jeden Hauttyp I! Sie versuchte, sich aufzurichten und über den knapp einen Meter hohen, wulstigen Rand des Rettungszeltes zu klettern. Wobei sie abrutschte und kopfüber in den Sand knallte.

»Cem, geh nicht so weit weg«, hörte sie Yagmur hinter sich flehen.

Lena versuchte gerade, den Sand wieder auszuspucken, als sich auch der käsige Typ aufrappelte und Anstalten machte, nach draußen zu klettern, wobei er Yagmur auf die Hand trat.

»Du stehst auf meiner Hand«, motzte die lautstark.

»E…e…ent…ent…ent…«, stammelte der Käsige mit der Baseballkappe.

Lena mischte sich ein:

»Mein Gott, hast du einen Schlaganfall? Wir brauchen einen Arzt!«

»E…entschuldigung, wollte ich s…s…sagen. Ich schschsch…«

»Sch-tottere? Du stotterst?«, ergänzte Lena unbarmherzig.

Er nickte erleichert und schwieg. Denn alle glotzten ihn an.

»Wo sind wir wohl?«, fragte Yagmur ängstlich, die sich immer noch nicht aus dem Rettungszelt herausgetraut hatte.

Lena kam langsam wieder in Form und schälte sich aus ihrer Schwimmweste.

»Auf jeden Fall irgendwo in den Tropen, es ist sehr heiß.«

»Nein!«, Cem zog sich die Hose hoch und wandte sich zur Rettungsinsel. »Und ich dachte schon, das ist Skandinavien. Yagmur, du bleibst im Boot!«

Das Mädchen gehorchte aufs Wort. Lena vermutete, dass sie irgendwo im Indischen Ozean abgestürzt waren. Vielleicht ein paar Hundert Kilometer vor der thailändischen Küste? War das hier Festland? Verdammt. Sie hasste es, wenn sie nicht Herrin der Lage war. Einen Flugzeugabsturz überleben – und zwar mit den drei größten Idioten von der Passagierliste: Lena hatte das Gefühl, ihr Leben verlief im Grunde wie immer. Ziemlich beschissen.

»Ich heiße übrigens Lena. Und ihr?«

»Cem. Für dich: Chief 1.«

Cem? Was war das für ein Name? Richtig, türkisch. Cem Özdemir von den Grünen, den kannte Lena. Aber der Cem hier hatte garantiert keine Ambitionen, in die Politik zu gehen.

»Ich h…heiße C…Co…C…«, begann der Käsige zu stottern.

»Ja komm, lass gut sein«, Lena winkte ab. »Ist eh der letzte Satz, den ich mit dir gewechselt habe … übrigens mit euch allen.«

Dazu fuchtelte sie dramatisch mit dem Zeigefinger.

»So, Leute. Wo sind denn die Rettungsboote? Hubschrauber? Ich gehe mal gucken.«

Inzwischen war auch der Stotterer so weit, seinen begonnenen Satz zu beenden.

»Co…Costa!«

Stolz lächelte er Yagmur an, die nach wie vor drinnen hockte.

»Allah, Allaaah, ein Grieche!«, rief Yagmur und rückte schnell ihr Kopftuch zurecht.

Ihr Bruder war wesentlich entspannter. Die Ausländer waren in der Überzahl. Das zählte für ihn.

»Fett, Alter, wo kommst du denn her?«

»S…Steglitz, forty-one.«

»Nice. Nice. Kennst du Cleo?«

Costa schüttelte den Kopf und stotterte »N…n…nee.«

»Rashna?«

»N…n…nee.«

Cem gab nicht auf:

»Serba? Zeynep?«

Bevor Costa antworten konnte, tauchte Lena wieder auf.

»Da hinten ist keiner. Hier ist überhaupt niemand!«, sagte sie mit brüchiger Stimme, drehte sich in die andere Richtung und stapfte wieder davon. Sie trug noch immer ihre hochhackigen Schuhe und ihr blaues Kleid. Cem schaute ihr ein paar Sekunden verstört hinterher. Alles, was diese hysterische Frau trieb, war ihm ein Rätsel. Dann wandte er sich wieder Wichtigerem zu.

»Zlatka? Tugba? Tüsra?«

»N…n…nein, nein.«

»Gut, dann kommen wir uns auf jeden Fall nicht in die Quere, Alter. Gib mir 50.«

Cem und Costa ließen ihre Handflächen aneinanderklatschen und grunzten.

Lena hatte währenddessen schon wieder einige Meter in die andere Richtung bewältigt. Wo, wie sie bald feststellte, außer weißem Sand, vielen Palmen, ein paar verstreuten Felsen und Baumleichen gar nichts zu sehen war. Nicht mal ein Funknetz gab es hier, wie sie beim Blick auf das Display ihres Handys feststellen musste. Das sprach entschieden gegen Festland.

In Lenas Kopf wirbelte alles durcheinander. Sie versuchte sich zu beruhigen. Jetzt nicht durchdrehen! Sie wühlte in ihrer sackartigen Handtasche, die sie gerettet hatte, und genehmigte sich erst mal eine Johanniskrautkapsel. Und wo war die verdammte Sonnencreme? Sie wühlte hektisch, fand aber nur das Pröbchen aus dem Drogeriemarkt. Fast leer. Okay, also keine Sonnencreme. Sie verteilte den gesamten restlichen Inhalt auf ihrer Nase. Für mehr reichte es nicht. Glücklicherweise stand sie weit genug von den anderen weg, sodass keiner ihre aufkommende Verzweiflung bemerkte. Sie riss sich zusammen.

Sei stark, Lena, du bist die Einzige mit Abitur hier, vielleicht die Einzige, die in der Lage ist, abstrakt zu denken!

Aus sicherer Entfernung konnte sie beobachten, wie Cem, Yagmur und Costa ihre Westen auszogen und ebenfalls ihre Handys checkten. Offenbar vergeblich. Denn Cem fluchte gestikulierend vor sich hin und Yagmur schien den Tränen nahe.

Die drei sind die Muskeln und ich bin das Hirn, durchzuckte es sie.

Dieser Gedanke brachte schlagartig Lenas Selbstvertrauen zurück; sie kehrte um und lief zurück zur Rettungsinsel. In ihrem Kopf entstand so etwas wie ein Plan: zwei Gruppen, die eine sucht Nahrung, die andere bereitet ein Signalfeuer vor. Die Führung würde natürlich sie selbst übernehmen.

»So«, sagte sie beherzt, klatschte in die Hände und trat vor die anderen. »Ich denke, wir brauchen einen Führer.«

Shit. Ausländer-Fettnäpfchen.

»Äh, eine Führerin, meine ich. Wir sind hier zu Gast in der unberührten Natur, und das bedeutet: am Leben bleiben, ohne Lebensraum zu zerstören.«

Cem blickte fassungslos, Costa blickte fassungslos, Yagmur blickte fassungslos. Cem fand als Erster die Sprache wieder:

»Hast du einen Sonnenstich?«

»Aktives Greenpeace-Mitglied. Ich nehme an, keiner von euch ist politisch aktiv.«

»Doch. Ab und zu kloppen wir Nazis«, sagte Cem und boxte Costa kumpelhaft auf die Brust. »Los, Costa, wir checken die hood.«

»Entschuldige mal, ich war eigentlich gerade dabei, einen Plan zu machen, Ken.«

Cem drehte sich um, nahm seine Sonnenbrille ab und richtete seine böse funkelnden Augen auf Lena. »CEM! Und der Plan lautet seit fünf Milliarden Jahren: Die Frauen bleiben hier.«

Er stiefelte davon. Costa folgte ihm brav. Er schien sich bereits untergeordnet zu haben. Genauso wie Yagmur, die wie bestellt und nicht abgeholt in der bescheuerten Rettungsinsel hockte und offenbar darauf wartete, dass Cem ihr die Erlaubnis gab, sich zu bewegen. Lena war entgeistert. Sie würde ganz bestimmt nicht warten, bis Ken oder Cem, oder wie dieser Kleinstadt-Gangster auch heißen mochte, seinen Erkundungstrip beendet hatte. Selbst war die Frau.

Ihr wurde heiß. Ob Wut oder drohender Sonnenstich, konnte sie nicht genau sagen. Sie zog sich die Jeans unter dem Kleid aus und hielt dabei den Blickkontakt zu Yagmur. Sie waren die einzigen Mädels hier, es musste doch so was wie Zusammenschluss möglich sein.

»Ist dir auch so heiß?«

Yagmur schwieg.

»Du sprichst schon Deutsch, oder?«

Yagmur sah sie verächtlich an. »Nur weil ich ein Kopftuch trage, heißt das nicht, dass ich bescheuert bin.«

Lena verdrehte die Augen. Man würde ja wohl mal fragen dürfen. Plötzlich hörte sie ein leises Rauschen jenseits der Urwaldgrenze.

»Ich höre Wasser!«

Lena stolperte los.

»Aber die Frauen sollen hierbleiben!«, erinnerte Yagmur an den Befehl ihres Bruders.

»Können wir bitte ins Jahr 2012 vorspulen, geht das? Danke!«

Lena warf Yagmur einen auffordernden Blick zu und verschwand im Dickicht. Nach einem kurzen Moment folgte ihr Yagmur tatsächlich. Der erste Schritt zur Emanzipation war getan. Wenigstens für diese arme unterdrückte Muslima hatte diese Katastrophe einen positiven Effekt, dachte sich Lena. Sie würde sich später noch intensiv darum kümmern, dass Yagmur ihr Selbstbewusstsein als Frau fand. Aber jetzt erst mal: Wasser.

Vorbei an Palmen und Büschen kämpften sie sich durchs immer undurchdringlicher werdende Dickicht. Und tatsächlich: Hinter weiteren Palmzweigen versteckte sich ein kleines Tal, das von zahlreichen Ausläufern eines Baches in ein glitzerndes Zusammenspiel von riesigen Felsen und Wasserbecken verwandelt worden war.

Yagmur beugte sich gleich hinunter und wollte trinken, aber Lena stoppte sie mit einem scharfen: »Halt! Wir müssen erst gucken, ob das Wasser auch sauber ist!«

Lena tastete sich Schritt für Schritt auf den Steinen vor, beugte sich hinunter und versuchte das Wasser zu erreichen. Sie trug noch immer ihre hochhackigen Wildlederstiefel, mit denen sie prompt den Halt verlor. Wie im Freizeitpark auf der Wildwasserbahn rutschte sie hinunter, quietschte auf, konnte sich nirgends festhalten und platschte in den Tümpel.

Nach dem ersten Schreck spürte sie aber die Kühle des Wassers, das tief genug und offensichtlich auch sauber war.

Yagmur war zurückgeblieben und blickte von oben besorgt auf Lena herab.

Lena entschied sich für cool play.

»Hmmm…, das ist wirklich sehr erfrischend! Komm doch rein.«

»Ich bin Muslima …«

»Ich verrate deinem bescheuerten Bruder nichts. Wir Frauen müssen zusammenhalten. Unterdrückung ist ein Teufelskreis!« Lenas Stimme bekam einen besorgten Unterton: »Schlägt er dich auch?«

Yagmurs Kommunikation mit fremden Menschen beschränkte sich normalerweise auf ein schüchternes Nicken oder ein ablehnendes Zungeschnalzen. Angesichts der Tatsache, dass sie vermutlich längere Zeit mit diesem dämlichen deutschen Mädchen verbringen würde, entschied sie sich zu einer etwas komplexeren Antwort, als es sonst ihre Art war.

»Ich mache das freiwillig. Meine Mutter war Muslima, und ich will, dass sie stolz auf mich ist.«

»Ist sie tot?«

»Natürlich nicht. Sie ist im Paradies.«

Oder so, dachte Lena und verdrehte innerlich die Augen. Paradies. Sicher. Sie tauchte unter und wusch ihr Tomatengesicht. Die Kühle des Wassers tat gut. Lena lebte wieder und auch ihr Hirn arbeitete jetzt mit normaler Leistung. Sie stand auf und kletterte aus dem Tümpel.

»Ich schätze, in ein, zwei Stunden kommt Hilfe. Solange sollten wir ruhig bleiben und keine Panik aufkommen …«

Der besorgte Blick der Schleiereule irritierte sie. Eigentlich hatte sie die verschüchterte Türkin mit ihrer Ansprache beruhigen wollen:

»Was ist?«

»Du hast da was.«

Lena blickte langsam an sich herunter. Und stieß einen gellenden Schrei aus.

»AAAAAAAAAAAAAAAAAAAAAAAAAAAAAAAAAH HHHHHHHHHHHHHHHHHHH!!!!«

Ihr ganzer Körper war mit Blutegeln bedeckt. Auf jedem Fleckchen Haut wimmelten schleimige braune Monster, fingerdick und daumenlang. Sie zuckte und schlug hektisch auf sich selbst ein.

»MACH SIE AB! MACH SIE AB!«, brüllte sie.

Yagmur war sich unsicher und stemmte die Hände in die Hüften.

»Ich kann die nicht anfassen, die sind total widerlich und außerdem übertragen sie Krankheiten.«

»Mach sie AAAAAAAAAAAAAAAAAAAAAAAAAAAA AAAAAAAAAAAAAAB!!!!!!«

Lena war entgegen ihrer ersten Vermutung nicht vor Schreck ohnmächtig geworden, sondern hatte sich auf einen Stein geschleppt, ihr Kleid ausgezogen und saß nun wie ein Häufchen Elend in Unterwäsche vor Yagmur, die mit kleinen Stöcken gegen die glitschige Invasion auf Lenas Körper ankämpfte, bis der letzte Blutegel schließlich mit einem leisen PLOPP herunterfiel.

Lena begann sich etwas zu beruhigen, schluchzte aber weiter leise vor sich hin.

»Sind das jetzt endlich alle?«

»Keine Ahnung. Zieh mal deine Unterhose aus.«

Das war nicht Yagmurs Stimme. Lena drehte sich ruckartig um. Cem und Costa, die die Schreie kaum überhört haben konnten, standen mit verschränkten Armen oben auf dem Felsen und grinsten höhnisch.

»D...d...die ist e...e...echt s...sehr sexy«, stotterte Costa, während sich Cem vor Lachen bog.

Lena sprang auf, drehte sich um und verbarg das, was die Unterwäsche ohnehin bedeckte, noch mit den Armen. Jetzt erst fiel ihr auf, *was* sie da anhatte. Ausgerechnet heute trug sie die Kirschunterwäsche!

Die Jungs konnten sich kaum noch halten. Sie versuchte, sich etwas unbeholfen in ihr Halstuch zu wickeln, das sie aus ihrer Tasche fischte.

»Dreht euch um!«, stammelte sie.

Die Schamlosigkeit von Costa und Cem weckte Yagmurs moralischen Kampfgeist.

»Dreht euch sofort um, sie ist nicht angezogen!«

Sie funkelte die beiden lachenden Jungs böse an und warf mit den Stöcken und Blutegeln nach ihnen, während sie gleichzeitig versuchte, mit ihrem weiten Kleid Lenas Blöße zu bedecken.

Auf Frauen mit Kopftüchern schienen die beiden Kanacken zu hören. Sie drehten sich kichernd um. Cem schielte aber dennoch über seine Schulter zu Lena.

»Was guckst du so?«, fuhr Lena ihn an.

»So viel ist da nicht zum Gucken ...«

Das saß.

Lena schaute getroffen weg. Cem war zufrieden. Er hatte klargemacht, dass er sich nicht für sie interessierte. Das war immer noch der einfachste Weg, Frauen zu verärgern.

In die Stille stotterte Costa hinein.

»W...w...wir h...haben was gefunden.«

Bitte lass es Hochdeutsch oder ein Gehirn sein, dachte Lena und schaute ihn fragend an.

»So 'ne Hütte«, erklärte Cem.

Lena und Yagmur tauschten einen hoffnungsvollen Blick aus. Sie waren doch nicht allein!

11

Bei der spektakulären Notlandung des Linienfluges des Chanta-Air-Airbus, Berlin–Bangkok, Flugnummer CHA 529, kam wie durch ein Wunder niemand ernsthaft zu Schaden. Die meisten Passagiere der notgewasserten Maschine wurden gerettet und bis zu ihrer Rückführung in Hotelanlagen auf den Andamanen untergebracht, einer winzigen Inselgruppe im Indischen Ozean, 800 Kilometer vom thailändischen Festland entfernt. Lediglich vier Jugendliche wurden noch vermisst, »eine Berlinerin sowie drei Migranten mit deutschem Pass«, wie Gabi Bauer im Nachtmagazin mit sanfter Anteilnahme vermeldete.

Diana Schneider saß schockiert vor dem Fernseher, verfolgte gebannt die Rettungsmaßnahmen – dann kam ein Interview mit einer geretteten Passagierin, und dabei handelte es sich um: Doris, ihre Schwester. Diana fiel vor Schreck die Chipstüte aus der Hand. Doris war klatschnass und sah schrecklich aus. Aber sie lebte! Und das war herrlich. Denn sonst hätte Diana das Sorgerecht für Nils bekommen. Und sie wollte wirklich noch keine Kinder.

»Es ging alles ganz schnell, das Triebwerk hat gebrannt und dann sind die Sauerstoffmasken runtergefallen und die Stewardess hat immer ›Brace, brace‹ gebrüllt und ich dachte erst ›Gott, du hast doch Schlaftabletten mit Wodka genommen, hoffentlich ist das kein Trip …‹, und dann war überall Wasser. Meine Tochter ist noch da draußen!«

Gabi Bauer kündigte gerade eine Sondersendung über das Unglück an, als das Telefon klingelte. Diana Schneider hustete erschrocken Chips und nahm das Telefon in die Hand.

»Didi?«, krächzte ihre Schwester. »Bist du das?«

»Dodo!«, antwortete Diana erleichtert. »Gott sei Dank! Du, ich habe dich gerade gesehen! Du warst im Fernsehen! Wie geht es dir? Gibt's was Neues von Lena?«

»Nein, aber Leute haben gesehen, wie sie in ein Boot gestiegen ist. Sie lebt.«

Doris stand in der Lobby des Tropicana-Andaman-Sea-Resorts und war noch total neben der Spur. Hatte ihre Schwester gerade »Fernsehen« gesagt?

»Wie habe ich denn ausgesehen im Fernsehen? Habe ich alt ausgesehen?«

»Dodo, ich höre dich ganz schlecht!«

»Ob ich im Fernsehen alt ausgesehen habe«, wiederholte Doris laut, jede Silbe betonend.

Jetzt erst bemerkte sie die Blicke der anderen Touristen, die in der Hotellobby um sie herum standen und offensichtlich jedes Wort verstanden. Diana hörte nur noch Wortfetzen.

»Ich glaube, das Netz ist überlastet. Meld dich später noch mal, ja?«

Doris legte auf. Und sank in einen Stuhl in der Lobby. Sie kannte nur einen Gedanken. Wo war ihre Tochter? Na ja, zwei: Wo blieb der verdammte Kellner mit ihrem Whisky Sour?

12

Die Hütte, die die vier Gestrandeten nach einem etwa halbstündigen Fußmarsch entlang dem Sandstrand und den Felsen, die sich immer wieder lang und flach ins Meer hineinstreckten, erreichten, erwies sich als heruntergekommener grünspanbedeckter Holz- und Blechbau. Balken ragten in alle Richtungen, das Wellblech auf dem Dach war grün, grau und braun angelaufen und lückenhaft. Efeu und andere Schlingpflanzen rankten sich munter dahin und dorthin. Vor den Außenwänden standen einige angerostete Metallfässer.

Hier dürfte seit Jahren niemand mehr gewesen sein. Aber immerhin war es ein Anzeichen für eine Art Zivilisation. Lena schöpfte wieder Hoffnung. Sie schätzte die Grundfläche der rechteckigen Hütte auf vielleicht vierzig Quadratmeter. Schwungvoll stieg sie die etwa ein Meter hohe Treppe hinauf. Die Hütte war offensichtlich zum Schutz vor Kriechtieren und der Flut auf Stelzen errichtet worden. Und sie machte auf den ersten Blick trotz der Verwitterung einen stabilen Eindruck.

Allerdings war das Fenster in der Tür so sehr durch Sand und Salz verkrustet, dass Lena erst kräftig rubbeln musste, bevor sie einen Blick nach innen werfen konnte. Viel war nicht zu sehen. Sie rüttelte an der Tür.

»Die Tür ist zu«, sagte sie bedauernd und wurde im selben Augenblick schon von Cem zur Seite geschubst. WAMM! Er trat die Tür ein. Das von Salz zerfressene Vorhängeschloss zersprang in tausend Teile.

»Jetzt nicht mehr.«

Lenas Mund stand so offen wie jetzt die Tür zur Hütte.

»Du weißt schon, dass das gegen das Gesetz ist?«

»Bei dir haben sie auch eine Heulsuse eingekreuzt, oder?«

Cem verschwand in der Hütte. Costa folgte ihm. Auch im Inneren wuchsen tropische Pflanzen. Kakerlaken raschelten hörbar in den Ritzen der Dielenbretter; die Raupen, die an der Wand entlangrobbten, waren augenscheinlich nicht ganz so schreckhaft. In dem Raum befanden sich mehrere Schreibtische mit uralten PCs, teilweise mit Planen abgedeckt, teilweise offen, mit staubigen Bürolampen und vergilbten Papieren bedeckt, Stühle lagen umgekippt auf dem Boden. Aus den Bodendielen brachen palmenartige Gewächse. Eine war so groß, dass sie durchs Dach gestoßen war. Costa klopfte Cem auf den Rücken und deutete zur hinteren Wand. Da hing an rostigen Reißnägeln eine eingerissene Landkarte, die eindeutig die Umrisse einer Insel im Meer zeigte.

»Fuck, das ist 'ne I…I…I…«

Cems Miene verdunkelte sich.

»Insel. Fuck. Da stürzt man einmal auf einer einsamen Insel ab und keine geile Frau dabei!«

Lena, die sich mittlerweile entschlossen hatte, doch das

Verbotene zu wagen, und nun hinter ihm stand, zog verächtlich die Augenbrauen hoch und fragte sich einmal mehr, wie so einer den Einbürgerungstest hatte bestehen können. Immer noch hoffte sie, dass dieser Albtraum bald vorbei wäre und sie in ein paar Stunden mit ihrer Mutter am Pool läge. Was allerdings nur zum Teil eine Verbesserung der Situation wäre.

Sie sah sich um und stieß auf ein Logo: »Andaman Human Association« stand in blassblauer Schrift auf den Schubladenbeschriftungen, die sehr wissenschaftlich aussahen.

An einer Schnur, die sich durch den ganzen Raum spannte, hingen an Wäscheklammern einige Fotos, die aber hoffnungslos vergilbt waren.

»Die haben hier irgendwas erforscht, aber man erkennt nicht mehr was«, sagte Lena etwas besorgt.

»Chill mal, was sollen die schon erforscht haben? Irgendwelche Affen oder Einzeller?«, sagte Cem.

Lena blickte ihn belustigt an:

»Wieso, bist du schon länger hier?«

Yagmur, die inzwischen auch eingetreten war und den Hygienezustand der Hütte erkundete – Dreck und Staub waren einer geborenen Hausfrau wie ihr sehr fremd –, hatte derweil in der hinteren Ecke einen Generator entdeckt und fummelte an einigen Knöpfen herum. Und tatsächlich: Unter Stöhnen und Winseln sprang der Stromerzeuger an und mit ihm auch einige der elektronischen Geräte in der Hütte. Aus einem bierkastengroßen Tonbandgerät dröhnten Sätze einer fremden Sprache in den Raum. Und auf einem PC aus dem vergangenen Jahrtausend begann grünliche Schrift zu flackern. Lena drehte wild an einem Rädchen des Tonbandgeräts. Das unverständliche Gefauche und Gejohle war so laut, dass es allen in den Ohren stach. Wo konnte man das denn bitte leiser stellen? Und was waren das für Stimmen?

»A…Alter, g…guck mal!« Costa saß schon vor dem Bildschirm des PCs und hackte wie berauscht auf die verstaubten gelblichen Tasten ein.

»Du weißt, was du zu tun hast. Mann, gib die Zahlen ein, Atze! Gib die Zahlen ein!«, brüllte Cem, kaum weniger hysterisch als Costa.

Der Computer reagierte nicht.

»Es geht n…nicht, J…Jack, die a…anderen h…haben einen V…Virus eingeschleust.«

»Ey, ich bin nicht Jack, ich bin Sawyer!«

In dem Moment explodierte der Generator. Tonbandaufnahmen, PC und die zitternde einzige Glühbirne der Hütte erstarben endgültig.

Yagmur und Lena wedelten hustend den Generatorrauch zur Seite. Yagmur war kohlrabenschwarz im Gesicht. Lena war vor allem genervt, dass die beiden Jungs die Situation offenbar nicht ernst nahmen.

Sie sah die beiden zornig an.

»Was macht ihr da?«

»Sie spielen ›Lost‹«, erklärte Yagmur.

»Habt ihr auch euer Lego mit?«, fragte Lena spöttisch.

»Nein, daran verschluckt er sich nur«, erwiderte Yagmur ruhig und lächelte.

Eigentlich war Yagmur ja doch ganz cool. Ein Eindruck, den diese gleich wieder zerstörte, als sie nun ihrerseits begann, die Hütte zu inspizieren.

»Hier kommt die Küche hin«, sagte sie, als sie den hinteren Bereich gesehen hatte, »und hier machen wir einen Schlafplatz. Ich suche uns noch ein paar schöne Blumen, damit's gemütlicher wird.«

Yagmur hatte sich offenbar damit abgefunden, dass sie hier länger bleiben würden.

Lena nicht. Sie sah sich weiter um und entdeckte einen kastenförmigen Gegenstand unter einer Plane. Ruckartig zog sie die Plane weg und erzeugte einen Orkan aus Staub.

»Hey, Jungs, hier ist eine alte Stereoanlage!«

Sie drückte gleich an den Knöpfen herum.

»Das ist ein Funkgerät.«

Cem beeilte sich, Lena beiseitezudrängen. Er sah sich das Gerät mit fachmännischem Blick an, obwohl er null Ahnung von Funkgeräten hatte, und entdeckte an der Seite eine Kurbel, an der er gleich heftig zu drehen begann. Und tatsächlich: Die zwei Kontrollleuchten flackerten unruhig auf. Offenbar die mittelalterliche Variante der Energiegewinnung. Aber immerhin war das Funkgerät damit unabhängig vom kaputten Generator. Eine Chance auf Rettung! Cem beeilte sich, ein »Hallo? SOS! 110, 112?« hineinzurufen.

Lena ballte die Fäuste und hoffte. Inständig! Dass irgendwer ihren Funkruf auffangen würde.

13

»We welcome the survivors of the plane crash« hatte die Lobby auf die Zimmerfernseher der Neuankömmlinge programmiert. Doris fand das sogar irgendwie originell. Um nicht durchzudrehen, hatte sie sich dazu entschieden, ihren frisch aus dem Ozean gefischten Koffer zu öffnen und die klitschnassen Teile zum Trocknen aufzuhängen. Gerade wrang sie ihren Lieblings-BH aus, der ihren Busen um zehn Jahre verjüngte, als es an der Tür klopfte.

»Ist offen!«

Ein südeuropäisch aussehender Mann und ein fremdländischer Fischer traten ein. Der Südeuropäer blickte sich im Zimmer um. Auf dem Bett thronte prominent Doris' Penistasche, umgeben von nassen Kleidern und Bikinis. Der Südländer sprach sie auf Deutsch an.

»Sind Sie Frau Schneider?«

»Wieso?«

»Öztürk, Kriminalpolizei, wir …«

Weiter kam er nicht, denn Doris fiel ihm aufgekratzt ins Wort.

»Oh Gott, ist sie tot? Muss ich sie identifizieren? Das kann ich nicht!«

»Nein, nein, ich bin nicht von der örtlichen Polizei, ich …« Metin stockte. »Wir kennen uns doch. Von der Kreuzung. Im Auto.«

Jetzt erkannte auch Doris ihn. »Richtig. Der Spießer.«

Metin tat so, als hätte er es nicht gehört.

»Sie haben unsere Kinder gefunden.«

»Wirklich? Wo sind sie?«

»Gestrandet. Auf einer Insel. Die örtliche Seenotrettung hat Funkkontakt.«

Metin trat einen Schritt zur Seite und Doris sah den schmächtigen alten Fischer erstmals richtig. Er hatte Cems Funkspruch abgehört, zwar nichts verstanden, aber auf die vermissten vier Deutschen geschlossen.

»Toc, me Toc. Coast Guard.«

Er verbeugte sich und lüpfte seine andamanische Coast-Guard-Mütze, die sicher schon den einen oder anderen Haiangriff überlebt hatte.

»Ich bin die Doris.«

Doris drehte sich zu Metin und streckte ihm die Hand entgegen.

Metin fand es nicht angemessen, sich einem fremden Menschen mit dem Vornamen vorzustellen, aber diese Doris war ihm sowieso nicht ganz geheuer.

»Mein Name ist Öztürk. Die örtliche Polizei trägt gelbe Westen. Falls Sie also gelbe Westen sehen, das ist dann die … örtliche Polizei.«

Zusammen verließen sie die Hotelanlage und liefen zum Hafen, wo sich das Gebäude der Seenotrettung befand. »Coast Guard Station« war auf dem verwitterten Holz zu lesen. Vor dem Haus stand ein Tisch und darauf ein veraltetes Funkgerät. Toc drückte Metin das Mikrofon in die Hand und schaltete den Apparat ein.

»Yagmur, Cem! Ist jemand verletzt?«

»Nein, wir sind auf so einer Insel«, knisterte es zurück. Es war eindeutig Cems Stimme.

»Gurke?« Doris drängte sich von hinten ans Mikrofon.

»Mama? Ich sitze hier mit einem Haufen Verrückter fest!«

»Der Empfang ist sehr schlecht. Ist da jemand, der euch helfen kann?«, erkundigte sich Doris mit besorgter Stimme.

»Nein. Wir sind total alleine. Es gibt nicht mal ein Hotel.«

Jetzt übernahm wieder Metin.

»Wir versuchen euch zu orten. Es gibt einen Peilsender im Rettungsboot. Aber sie haben das Signal noch nicht.«

»Und wann haben sie das scheiß Signal?«, maulte Cem. Wobei die Verbindung kurz abbrach. Es knarzte und knackte, dann hörte man Cem wieder sprechen.

»Es ist immer jemand am Funkgerät!«, rief Doris ihm zu. »Wenn etwas passiert, dann meldet euch.«

Yagmur mischte sich ein.

»Aber wie lange soll das …? Babaaa…«

In der kleinen Hütte wurde Metins Stimme immer undeutlicher. Das Funkgerät verlor Energie. Yagmur trieb Cem panisch an. »Du musst schneller kurbeln!«

»Jaaa, mach ich doch!«

Cem kurbelte hektisch und dann – KRCH – brach die kleine Plastikkurbel ab. Das altersschwache Plastik war energischen Straßenkämpferhänden nicht gewachsen. Die Lampen des Funkgeräts glühten leise aus. Dann schlief die technische Errungenschaft für immer ein.

Cem schaute fassungslos auf die abgebrochene Kurbel

in seiner Hand. Und Lena starrte ins Leere. »Respekt. Wer hätte gedacht, dass die Lage noch aussichtsloser werden könnte?«

In der Coast Guard Station versuchten Metin und Doris noch eine Weile, den Kontakt wiederherzustellen. Schließlich sahen sie ein, dass es sinnlos war.

Metin sah Doris besorgt an. »Alleine. Gestrandet.«

Doris hatte das dringende Bedürfnis, den offenbar überprotektiven Mann zu beruhigen.

»Ein paar Stunden ohne Facebook und Zwitter werden sie schon nicht umbringen.«

Sie wandte sich zu Toc, der hinter dem Funkgerät kauerte und freundlich lächelte. »Entschuldigung, diese Inseln sind doch sicher alle absolut ungefährlich, oder?«

»Yes, yes.«

»Alle wilden Tiere ausgerottet?«

»Yes, yes.«

»Sie meinen«, mischte Metin sich ein, »es kann ihnen nichts passieren?«

»Yes, yes. Everything okay. Very good country. Very good food.«

»Everything okay«, wiederholte Doris und nickte zufrieden.

Toc nickte freundlich zurück. Er hatte kein Wort verstanden. Aber Metin war beruhigt und Doris begeistert.

»Das ist doch herrlich. Allein in der Wildnis! Ein richtiges kleines Initiationsritual. Das haben alle Eingeborenen früher so gemacht.«

»Das ist mir doch scheißegal, was die Eingeborenen gemacht haben«, entrüstete sich Metin.

»Von jemandem mit Migrationshintergrund hätte ich ein bisschen mehr kulturelle Toleranz erwartet.«

Doris drehte sich wieder zu Toc.

»How long are they gonna stay away? Away? How long?«

»Don't know. One, two day. We waiting for big machine from Thailand. To get signal.«

Man wartete also auf Technik aus Thailand, um das Signal zu orten. Wunderbar. Doris machte einen kleinen Hopser und klatschte begeistert in die Hände.

»Dann ist doch alles geritzt. Die Kinder erleben ein Abenteuer, wir haben ein paar Stunden Ruhe vor den Blutsaugern und arbeiten an unserem Teint.«

Metin Öztürk war sich jetzt ganz sicher, dass Yagmur an der Kreuzung recht gehabt hatte. Die Frau *war* geisteskrank.

14

Die Gruppe hatte sich zerstreut. Costa und Cem waren auf Erkundungstour, Yagmur hatte sich für eine Grundreinigung der Hütte entschieden. Lena saß auf den Stufen vor dem Haus und hatte sich der kleinen DV-Kamera gewidmet, die sie immer dabeihatte, um Videotagebuch zu führen.

Sie schaltete auf »REC« und richtete die Linse auf ihr Gesicht.

»Absturzbericht. Es sieht schlecht aus. Einsame Insel. Ein völlig desozialisierter Macho. Der andere stottert. IQ eventuell nicht messbar. Das Mädchen …«

In diesem Moment sah Lena im Display Yagmur aus der Tür auf die schmale Bretterveranda tänzeln. Sie flötete beglückt »Ich habe eine Vase gefunden!« und verschwand sogleich wieder im Innern.

»… ist vollkommen irre. Ich weiß nicht, wie lange wir hier überleben werden, aber Tatsache ist: Meine Max-Frisch-Sammlung geht an meinen Bruder, mein Alice-Schwarzer-Autogramm möchte ich mit ins Grab nehmen. Und …«

In diesem Moment ließ eine wummernde Explosion die Hütte und die Mädchen beben.

»Was war das?«, rief Yagmur ängstlich nach draußen.

»Bleib im Haus!«, erwiderte Lena bestimmt.

Ja, was war das? Lena überlegte. Atomwaffentests? Die fanden doch immer auf diesen einsamen Südseeatollen statt. Da ließ auch schon die nächste Explosion die Luft erzittern. WUUUUMMMM! Dann war Cem zu hören: Er johlte und klatschte in die Hände. Lena ahnte Schlimmes, rannte zum Strand hinunter und entdeckte Cem und Costa im knietiefen Wasser. Neben ihnen eine Holzkiste.

»Ey! In so einer Kiste war Dynamit!«, jubelte Cem.

Er zündete eine der roten Stangen an und warf sie ins Meer.

»Cem, das ist ein Ökosystem!«, brüllte Lena.

»Ich weiß. Und ich bin der Chef!«

WUMM! Ein Donnern, dann schoss eine meterhohe Fontäne in den Himmel, Lena und Cem wurden ausgiebig geduscht. Cem war das egal, er wurde richtig euphorisch: »Jetzt, jetzt, gleich, warte!«

Wenige Sekunden später sammelten Cem und Costa begeistert die von der Druckwelle betäubten Fische ein, die an die Wasseroberfläche stiegen.

»Du hast gerade eine Fischpopulation ausgerottet!«

»Na und? Klima ist doch eh im Arsch. Ey, ich find's ganz witzig hier!«

Der Primat an sich braucht ja auch nicht viel. Lena kochte. Vielleicht sollten sie ihm noch einen Autoreifen zum Schaukeln aufhängen.

Cem und Costa warfen ihre Beute in zwei Weidenkörbe, die sie feixend an Lena vorbeitrugen. Ein Fisch rutschte heraus und platschte vor ihr in den Sand.

»Das war vielleicht der Letzte seiner Art!«

»Das ist ein Z…Z…Zackenbarsch, h…h…habe ich mal b…bei Rach gesehen.«

»Äh, na gut, dann ist das vielleicht ein Zackenbarsch, aber …«

Cem, der ohnehin nicht den Eindruck machte, als interessiere er sich für das, was aus Lenas Mund kam, fiel ihr ins Wort:

»Jetzt hör auf zu gackern und chill mal 'ne Runde.«

Sogar Costa wurde nun frech:

»J…ja, ch…ch…chill mal 'ne Runde!«, wiederholte er triumphierend.

»Sorg lieber für Feuer und überleg dir ein Rezept«, befahl Cem.

Lenas Empörung wuchs ins Unermessliche:

»Oh, ich nehme an, weil ich die Frau bin?«

Cem nickte zufrieden:

»Du lernst schnell.«

Während Lena überlegte, ob und wie sie auf die Angriffe dieser Neandertaler reagieren sollte, schweifte ihr Blick über die Bucht und den Strand. Was war das? Da hinten zwischen grünblauem Meer, sandweißem Strand und felsgrauem Gestein funkelte etwas Orangefarbenes. Sie kniff die Augen zusammen, um es besser erkennen zu können – ein Koffer, das musste ein Koffer sein! Hoffentlich ist ein Maschinengewehr drin, dachte Lena und lief los, um den Schatz in Besitz zu nehmen.

Sie lief bis hinüber zur anderen Seite der Bucht, um zu dem Hartschalenkoffer zu gelangen. Etwas verschrammt, aber er schien so weit in Ordnung zu sein und war auch nicht zu schwer, sodass Lena ihn durch den Sand zur Hütte schleifen konnte.

Dort hatten die Jungs und Yagmur bereits ein Feuer entfacht und waren dabei, die Fische zu grillen.

Sie beschloss, die friedliche Stimmung zu nutzen, um die Verhältnisse zu klären:

»Okay, ich weiß, ›Inhaltliches‹ fällt nicht in eure Lieblingskategorie, aber wir müssen jetzt echt ein Grundsatzgespräch führen, denn das geht so nicht. Erstens: Ich möchte keine frauenverachtenden Sprüche mehr hören, das ist absolut untragbar, okay? Ich erwarte Respekt, wenn ich dafür sorgen soll, dass wir hier überleben.«

Lena blickte ernst auf Cem, Costa und Yagmur. Yagmur sah Costa an, Costa schaute Yagmur an und Yagmur Cem. Dann prusteten alle gleichzeitig los. Cem konnte als Erster wieder sprechen:

»Ey, du hast *mich* zu respektieren. Ich bin hier der Anführer.«

Das Kichern der anderen hörte auf. Sie schienen ihn alle ernst zu nehmen.

Damit hatte Lena nicht gerechnet.

»Ja, das würde ich gerne erst mal demokratisch …«

Costa und Yagmur traten solidarisch neben Cem.

»… abstimmen«, fügte Lena kleinlaut hinzu. Das konnte sie wohl vergessen. Cem war zum König gewählt worden. Für ihre Meinung interessierte sich hier keiner.

Die Verhältnisse waren also geklärt. Die drei Ausländer hielten zusammen. Lena wurde geduldet, aber nicht respektiert. Als es Nacht wurde, genossen alle den Fisch. Nur Lena verweigerte die brutal getöteten Tiere und lutschte an ein paar mittelattraktiven Früchten, die sie friedlich erbeutet hatte. Und die widerlich schmeckten.

Um sich vom Hunger abzulenken, beschloss sie, den Koffer zu öffnen. Vielleicht war ja etwas Interessantes drin. Zum Beispiel etwas zu essen. Verdammt, sie hatte wirklich Hunger und der frisch gegrillte Fisch duftete köstlich! Glücklicherweise war das Schloss nicht sonderlich stabil und ließ sich mit einem scharfkantigen Stein knacken. Ein Sammelsurium an Klamotten: Ein paar (für Lena) viel zu große BHs, High Heels und eine Männerbadehose, die Lena mit einem gelungenen Dreipunktewurf Cem ins Gesicht schleuderte.

Es waren aber auch ein paar Kleider und Shirts im Koffer, die man vielleicht tatsächlich anziehen konnte.

Als das Feuer langsam erlosch, zogen sich Yagmur, Costa und Cem in die Hütte zurück. Lena tat so, als ob ihr das egal wäre. Sie hatte keine Lust, mit diesem verräterischen Pack unter einem Dach zu schlafen. Sie holte sich Kissen und eine Decke aus der Hütte, wo die anderen auf dem von Yagmur liebevoll hergerichteten Matratzenlager die Nacht verbringen wollten.

Am Lagerfeuer baute sie sich ihr eigenes Bett, alles erschien ihr besser, als im Zentrum des Bösen zu liegen. Ein paar Augenblicke später öffnete Cem eines der Fenster und sah zu Lena hinunter.

»Willst du echt da draußen pennen?«

»Ich bin supergern unter freiem Himmel!«

Lena musste fast brüllen, um das Rascheln und Zirpen und Scharren und Röhren, das aus dem Dschungel hinter ihr drang, zu übertönen.

»Man hört die Tiere«, versuchte sie zu schwärmen, »man ist richtig nah dran …«, ihre Stimme wurde sehr leise, »an den … Vogelspinnen und Schlangen und anderen zu Unrecht als gefährlich eingestuften … wundervollen Geschöpfen.«

Cem zuckte mit den Schultern und schloss das Fenster. Sie begann zu schluchzen. Immerhin schaffte sie es, sich in den Schlaf zu weinen.

Der allerdings endete abrupt. Sie schreckte hoch. Da war doch was! Lena sah sich ängstlich um und sah etwas neben ihrer Decke liegen. Gott sei Dank, nur ein dicker Ast. Dachte sie. Bis sie merkte, dass sich der Ast bewegte und sich ins Unterholz schlängelte. Lena unterdrückte mühsam einen Schrei. Viel schlimmer war dieses wummernde Geräusch, das irgendwo vom Inselinneren herwaberte, mal lauter, mal leiser, aber eindeutig ein rhythmisches Trommeln. Das waren keine Tiere, definitiv. Sie waren also doch nicht die einzigen Menschen auf der Insel. Lena liefen eiskalte Schauer den Rücken hinauf und hinunter.

Sie war der Verzweiflung nahe. Was war das für eine Wahl: draußen sterben oder mit zwei Vollidioten und einer Faschistin auf einer durchgegammelten Matratze schlafen? Lena überlegte fieberhaft, was sie tun sollte.

Sterben würde sie später, beschloss sie und schlich zur Hütte. Vorsichtig öffnete sie die Tür – und hatte Glück, sie knarzte nicht. Vorsichtig ging sie zum Lager hinüber, wo alle drei einträchtig schnarchten. Lena sah gleich, dass das einzige freie Matratzenstück zwischen Yagmur und Cem lag. Verdammt! Yagmur hatte sich ihr Kopftuch ums Gesicht gewickelt, während Cem, wie als Gegenentwurf, mit nacktem Oberkörper dalag und sich pervers breitmachte. Lena drückte sich so unauffällig wie möglich zwischen die beiden.

Hoffentlich war sie morgen früh noch Jungfrau!

In diesem Moment wachte Cem auf und fuhr hoch.

»Alter, was machst du hier?«

»Ich, äh, dachte, dass es vielleicht besser ist, wenn ich euch alle im Auge habe.«

Das Trommeln war nun sehr deutlich zu hören.

»Hörst du das?«, fragte Cem alarmiert.

»Ja«, flüsterte Lena, »wie in der Blauen Lagune.«

»Der Mädchenporno?«

Lena verdrehte die Augen und versuchte mit zwei Kissen und einer Decke eine Schutzwand zwischen sich und den Testosteronbomber zu bauen. Cem schaute sie mitleidig an. Lena fühlte sich zu Erklärungen genötigt.

»Ich kann nicht so gut schlafen, wenn andere Leute im Bett sind. Ich meine, das ist kein Tick oder so, ich bin eher ein Einzelgänger. Man kennt sich ja auch nicht und … ich mag das auch nicht, wenn mich jemand so anatmet. Also vermutlich werde ich nicht schlafen können und …«

»Boah, hör mal auf mit der Flatratelaberei.«

Als Lena nicht reagierte, schob Cem die Kissenmauer zur Seite und sah, dass sie bereits fest schlief. Mit offenem Mund lag sie da, ganz friedlich, so sanft, wie Cem sie noch nie erlebt hatte.

Er lächelte.

Bis Lena anfing zu schnarchen wie ein dicker alter Mann.

15

»Gehen Sie heute Abend mit mir essen?«, hatte Metin Öztürk unvermittelt gefragt, nachdem sie das Hotel erreicht hatten. Gleich darauf war er knallrot geworden.

Doris war zwar grundsätzlich auf der Suche nach Urlaubsflirts, aber nicht sonderlich interessiert an diesem seltsamen Türken. Der war offensichtlich spießiger als ein preußischer Beamter und passte zudem auch altersmäßig nicht in ihr Beuteschema. Er war sicher schon Mitte vierzig und hatte offenbar einen erwachsenen Sohn!

Andererseits war es natürlich schon süß, dass er so einen knallroten Kopf gekriegt hatte. Und solange sie kein anderes Date hatte, warum sollte sie sich nicht zum Essen einladen lassen? War ja nur ein Abend. Und außerdem hatte sie das Gefühl, dass der arme Kerl ein bisschen Trost gebrauchen konnte. Er machte sich furchtbare Sorgen um die Kinder. Doris weniger. Sie wusste, dass ihre Tochter so ziemlich in jeder Situation zurechtkommen würde. Und der Coast Guard hatte ja eindeutig Entwarnung gegeben.

Als er sie abholte, trug er ein gebügeltes Hemd und ein Sakko. Sie grinste. War er im Urlaub oder im Büro? Ein Spießer, klarer Fall.

Das Restaurant war gar nicht schlecht: mit Blick aufs Meer, schönen Lichtern. Fast romantisch. Aber kaum saßen sie am Tisch, zog Metin auch schon sein Smartphone heraus und klickte auf das Fotoalbum. Er hielt ihr ein Bild seiner Kinder Cem und Yagmur hin und erzählte mit versonnenem Blick von den beiden.

»Cem ist ein kleiner Verrückter. Es ist nicht einfach für ihn in Deutschland. Er ist gar nicht so dumm, wie er tut.«

»Hat er sein Abi?«

»Nein.« Metin wurde etwas nervös. »Wir verhandeln gerade mit der Schule, ob er noch mal wiederholen kann.«

»Er sieht gar nicht mehr so jung aus. Der wievielte Versuch ist das denn?«

»Der dritte …«, presste Metin halblaut hervor. Um die Situation zu entspannen, schob er schnell nach: »Haben Sie auch Fotos?«

Doris nestelte an ihrer Handtasche und zog einen Packen Fotoabzüge, verknickt und mit Eselsohren, heraus. Das erste Foto zeigte sie inmitten deutlich jüngerer und ekstatisch tanzender Jugendlicher. Es sah aus, als ob Doris am lautesten schreien würde.

»Da sind wir auf dem Lady-Gaga-Konzert, das war abgefahren, eine total super Show.«

Metin war verwirrt. Lady Gaga?

»Und hier …«, sie zeigte Metin das nächste Foto, »sind wir beim Friseur, da lasse ich mir gerade Strähnchen machen, da sehen Lena und ich ein bisschen aus wie Zwillinge.«

Metin wusste einen Moment lang nicht recht, was er sagen sollte. Widersprechen, nein, das wäre sehr uncharmant, aber zustimmen, nun, dass wäre ja auch irgendwie unehrlich. Doris achtete gar nicht auf seine nervös zuckenden Mundwinkel, sie flötete:

»Manchmal wissen die Leute gar nicht, wer die Mutter ist und wer die Tochter.«

Metin war sprachlos, allerdings nur eine Sekunde lang, dann erwachte sein ritterlicher Charmereflex.

»Jaahaaa, gar kein Altersunterschied zu sehen.«

Er hoffte, dass es glaubhaft klang.

»Danke schön«, sagte Doris zufrieden.

Sie hatte offenbar keine Zweifel daran, dass er die Wahrheit sagte. Metin sah hinaus aufs Meer.

»Hoffentlich gibt es genug Früchte und Wasser auf dieser Insel.«

»Ach, Kinder sterben an Drogen oder besoffen auf der Autobahn, aber nicht in der freien Natur.«

»Der Tod kommt schneller, als man denkt.«

Doris bemerkte, dass Metins Augen ein wenig glänzten.

»Na, wovon reden Sie denn?«, fragte sie behutsam und hoffte, dass er jetzt nicht zu weit ausholen würde. Sie hatte schließlich Urlaub. Aber dieser Kerl hier schien therapeutischen Redebedarf zu haben. Es war der Fluch ihrer Berufung. Egal wen Doris traf: Ständig begannen alle mit ihr zu quatschen und ihr Herz auszuschütten.

»Meine Frau.«

»Tut mir leid. Ich habe meinen Mann auch verloren.«

»Unfall?«

»Nein, leider nur Scheidung.«

Sie lachte.

Metin blickte sie so durchbohrend und ernst an, dass Doris das Lachen im Hals stecken blieb.

»E…Entschuldigung. Wie frisch ist es denn?«

»Fünfzehn Jahre.« Es klang wie: »Gestern.«

Er holte ein weißes Stofftaschentuch aus der Jackentasche und schniefte hinein.

Doris war sich jetzt ganz sicher. Dieser Mann brauchte eine Therapie, dieser Mann lebte in der Vergangenheit. Und sie war sich ziemlich sicher, dass er in den vergangenen fünfzehn Jahren keinen Sex gehabt hatte. Der arme Mann.

Metin schneuzte sich kräftig. Der Gedanke an seine verstorbene Frau Melek hatte ihn ganz wehmütig gemacht. Doris nahm einen großen Schluck Wein und erspähte ein paar Teenager am Strand.

»Ach, wie lustig, da hängen ein paar Kids am Strand ab!«, rief sie erfreut. »Wollen wir uns dazusetzen? Die haben bestimmt was Hochprozentiges dabei.«

Metin starrte Doris irritiert an.

»Äh. Nein? Ganz bestimmt nicht.«

Doris seufzte innerlich. Was für ein Langweiler.

16

Als Lena am nächsten Morgen aufwachte, konnte sie sich an die Nacht kaum erinnern. Sie musste irgendwie in die Hütte gekommen sein; was danach passiert war: keine Ahnung. Offenbar war sie fix und fertig gewesen. Cem und Yagmur schienen schon aufgestanden zu sein. Nur Costa lag noch schwer atmend neben ihr. Der arme Kerl, dachte sie. Mit wirrem Haar und kleinen Augen tappte sie nach draußen, wo die Hitze sie fast umhaute. Es mussten mindestens vierzig Grad Celsius sein. Gott, wo waren die Klimaanlagen, wenn man sie brauchte? Sie hatte wahnsinnigen Durst. Wann hatte sie zuletzt etwas getrunken? Lena tappte hinüber zu den Wasserfässern, schöpfte, ohne hinzusehen, mit einer Tasse etwas ab und stürzte das kühle Wasser hinunter.

Aaah, erfrischend!

Da war aber auch etwas Festes, Glitschiges in ihrem Mund – und das bewegte sich. Igitt! Lena durchfuhr ein Schauer. Sie spuckte das Etwas in die Tasse zurück und starrte angewidert auf den Molch, der nun hocherfreut im Wasser paddelte. Lena schaute ihm angewidert zu und überlegte, ob sie kotzen oder schreien sollte.

»In der rechten Tonne ist das schlechte Wasser«, belehrte Yagmur sie, als sie vom Strand heraufgestapft kam und Lena an den Fässern stehen sah. Dazu fuchtelte sie mit einer Holzschaufel vor ihr herum.

»Wenn du groß musst, solltest du es vergraben, sonst werden die wilden Tiere angelockt.« Yagmur hatte ihre Rolle gefunden, ihr war es ziemlich egal, dass sie diese am Ende der Welt spielte.

»Wenn Cem wieder da ist, wollen wir los.«

Die anderen hatten in der Nacht ebenfalls das Trommeln gehört und am Morgen beschlossen, loszugehen und zu schauen, wo die Geräusche herkamen. Es war schließlich unklar, wie lange es noch dauern würde, bis man den Sender in der Rettungsinsel geortet hätte. Also warum nicht auf eigene Faust nach Möglichkeiten suchen, diese Insel zu verlassen?

Lena schlug sich in die Büsche, um die Holzschaufel ungestört benutzen zu können, und suchte sich ein sehr ruhiges Plätzchen, wo außer dem Rauschen eines Wasserfalls kaum ein Geräusch oder gar ein Lebewesen sie stören konnte. Da hockte sie nun also und neben den Blasen an den Füßen, die diese Expedition zu den Trommeln für sie wieder zu einem zweifelhaften Vergnügen machen würden, kotzte es sie an, dass der Kerl ständig alle Entscheidungen traf. Cem, Cem, Cem, immer nur Cem. Ausgerechnet der größte Idiot der Gruppe sagte, was sie machen sollten.

Was bildete sich dieser Penner eigentlich ein? Es war schon merkwürdig, wie dieser Typ sie auf die Palme brachte. Egal was er tat oder was er sagte. Scheiß Macho.

Als sie fertig war, hörte sie aus der Richtung des Wasserfalls animalische Grunzlaute. Ein wenig klang es nach Gorillas oder Orang-Utans. Dann ging es aber in einen eher menschlichen Ton über, eine Art »Oooh«. Lena beschloss zu schauen, wo die Geräusche herkamen, und stolperte durch den Wald, an Farnen und Felsen vorbei, bis sie den Wasserfall erblickte.

Und tatsächlich, mit der Gorilla-Vermutung hatte sie recht gehabt. Denn da stand er: Cem. Vollkommen nackt, unter dem Wasserfall. An einen Felsen gelehnt, ließ er das eiskalte Wasser über seinen – zugegebenermaßen prächtigen – Körper laufen. Es schien sehr erfrischend zu sein, denn er jauchzte vor Vergnügen. Lena wollte nicht gucken, das wäre ja noch schöner, und doch war sie fasziniert.

Von diesem Gorilla.

Von diesem Einzeller.

Vom Bösen.

In diesem Moment drehte sich Cem um und präsentierte auch seine Vorderseite. Sie drehte sich sofort beschämt weg und schielte dann doch zwischen ihren Fingern hindurch direkt auf Cems unbedeckte –

Lenas Mund öffnete sich, sie war nicht unbeeindruckt. Das war wirklich der … nackteste Mann, den sie jemals gesehen hatte. Ihr fiel die Kinnlade runter und sie starrte ihn an.

Und zwar so lange, bis Cem sie entdeckte und zurückstarrte.

Fuck! Lena drehte sich hektisch zur Seite und beschloss auf der Stelle, vor Peinlichkeit zu sterben.

Cem kletterte die Felsen hoch und suchte nach den Badeshorts aus dem Koffer, die er zwischen den Steinen ausgezogen hatte. Er hielt sich das durchnässte Stück bunten Stoffes vor die Körpermitte und blaffte sie an:

»Hast du mich beobachtet, oder was?«

»Jaaa, genau.«

Das klang leider nicht so ironisch wie geplant.

»Nein, wir wollten einfach nur langsam los und … ich habe mir Sorgen gemacht, ob dir vielleicht was passiert ist und ich unter Umständen … du weißt schon … eingreifen muss.«

Lena verfluchte sich schon, während sie noch sprach, für das idiotische Gestammel. Sie verscheuchte einen nervigen Moskito und drehte sich weg, um den Gorilla nicht weiter anzustarren.

Cem hatte sich inzwischen die Hose übergestreift und kletterte weiter hoch, bis hin zur Palme, unter der Lena stand. Und zwar sehr verlegen. Das war wirklich peinlich. Tropfend stand er vor ihr. Ganz nahe. Und blickte sie durchdringend aus dunklen Augen an.

»Du bist so ein Freak.«

Sie ruderte hilflos mit den Armen. Was sollte sie auch sagen?

»Gut. Wenn du fertig bist, dann können wir ja jetzt los.«

Gott, war das lahm. Sie war definitiv der Spanner. Ab jetzt war sie die verdammte Perverse in dieser Gruppe und sie wusste, dass sich Cem innerlich maximal darüber freute.

»Hast du schon mal einen nackten Mann gesehen?«, fragte er provokativ.

»Halt die Klappe«, erwiderte sie bemüht cool.

»Okay, du hast noch nie einen Freund gehabt, oder?« Cem grinste sie an, während er ihr durch den unwegsamen

Urwald half. Lena schlug seine Hand weg. Sie konnte das allein.

»Ich hatte *tausend* Freunde«, korrigierte Lena. Das war so gelogen, dass sie knallrot wurde. Aber das sah aus wie Sonnenbrand und Cem war sich nicht sicher, ob er auf eine kleine Schlampe oder einen Goldschatz gestoßen war. In Gedanken versunken lief er hinter ihr her, bis sie den Strand erreicht hatten.

»Da seid ihr ja endlich!«

Yagmur und Costa standen ungeduldig vor der Hütte. Sie hatten ein paar alte Expeditionsrucksäcke geschnürt und waren bereit für die Reise zum Mittelpunkt der Insel.

17

Im Tropicana-Ressort begann ein ganz normaler Strandtag. Und auch Doris Schneider ließ es sich nicht nehmen, die Sonne und das Meer zu genießen. Von der Bar dröhnten Urlaubshits hinüber. Die Teakholzliegen waren mit bequemen beigefarbenen Polstern bedeckt und eifrige Kellner liefen mit bunten Cocktails umher.

Der Meerwind kühlte angenehm, schöner hätte der Urlaub kaum beginnen können, fand Doris. Wenn da nicht Metin Öztürk gewesen wäre, der ständig auf das Display seines Telefons starrte und auf einen Anruf der Küstenpolizei wartete.

Sie versuchte ihn zu beruhigen:

»Die finden das Signal bestimmt bald. Und solange keine Drogen im Spiel sind, kann nichts passieren.«

»Wie schön. Sie haben also auch Grenzen.«

»Definitiv. Drogen nur in meiner Anwesenheit!«

Das kam fast automatisch, denn Doris hatte am Strand etwas entdeckt, was sie viel interessanter fand: Ein junger, extrem gut gebauter Animateur und seine ebenso sehenswerte Kollegin kamen langsam auf sie zu. In der Hand hielten sie Flugblätter.

»Gott sei Dank!«, rief Doris aus. »Ich dachte, hier sind nur Rentner.«

Der junge Mann lief mit einem strahlendem Surflehrer-Lächeln auf sie zu. Doris trug eine Orchidee im Haar und ein, wie sie fand, attraktives Kleidchen aus einem Seidentuch.

»Hello, I'm Ivan«, sagte er mit russischem Akzent und nahm sich routiniert die Sonnenbrille von der Nase. Blaue Augen schossen in Doris' Seele und ließen die Pheromonproduktion schlagartig ansteigen.

Ivan genoss ihre Blicke und spannte sein Sixpack ein wenig doller an.

»You look like you wanna learn some windsurfing.«

Ivan überreichte ihr einen blauen Zettel, den sie sofort wie eine Rose zwischen ihre Zähne schob. Denn sie wollte die Hände freihaben, sie hatte ihren Trumpf noch nicht ausgespielt. Das Flugblatt zwischen den Zähnen, knotete sie ihr Kleid auf und zum Vorschein kam ein heißer Badeanzug: weiß, mit einem sehr plakativen Justin-Bieber-Konterfei darauf.

Ivan pustete sich eine Haarsträhne von der Stirn und lächelte sie fragend an.

»Maybe«, lächelte Doris und las den Flyer so, als ob sie sich seit Jahren fürs Surfen interessierte.

Ihre Blicke trafen sich erneut. Doris war sich ganz sicher, dass hier Sex in der Luft lag, und flirtete, als ob es keine Wechseljahre gäbe. Mit einem coolen Lächeln wandte sich Ivan ab und Doris sah ihm lange nach. Eigentlich nur seinem Hintern, was Metin absolut und maximal unpassend fand.

»Der war Mitte zwanzig oder so!«

»Na und? Die zehn Jahre«, erwiderte Doris cool und bemerkte, dass Metin auf ihren Justin-Bieber-Badeanzug starrte.

»Süß, nicht?«

»Der Hannah-Montana-Bikini war in der Wäsche, oder was?«

Das überhörte Doris, darin war sie geübt. Sie kramte in ihrer bunten Strandtasche nach ihrer Sonnencreme, fand die Tube und drückte sie Metin in die Hand.

»Würden Sie mal bitte?«

»Ich? Also ich – Sie?«

»Ja, sicher. Ivan ist ja schon weg.«

Metin drückte sich einen hühnereigroßen Lotionshügel auf seine Handfläche, verteilte die Creme auf Doris' Rücken und begann, sie sanft zu verreiben. Erst zögerlich, dann etwas kräftiger. Doris durchfuhr ein wohliger Schauer, als sie die kräftigen Handflächen des Kommissars auf ihren Schultern spürte.

Metin fasste neuen Mut.

»Wollen Sie heute Abend mal in die Jazzbar reingucken? Die sieht ganz gemütlich aus.«

»Jazzbar?« Doris klang pikiert. »Da sind doch nur alte Leute.«

»Na ja, Erwachsene.«

»Also, ich wollte mal aufs Discoboot. Soll super sein, den Tipp hab ich gestern von ein paar Kids bekommen. Mal richtig abdancen.«

»Discoboot?«

Metin wusste nicht, was er mit dem Begriff anfangen sollte. Sein erster Gedanke war: Ob so was wohl vom TÜV abgenommen wurde?

»Kommen Sie doch mit.«

»Ich weiß nicht.« Metins Gesicht verriet all seine Befremdung.

»Ach komm, jetzt seien Sie nicht so ein Langweiler, Herr … äh … Dings.«

»Öztürk!«

Ganz nebenbei hatte Metin mittlerweile seine Sonnencrememassage derart perfektioniert, dass sich Doris ganz offensichtlich immer wohler fühlte.

»Öztürk«, wiederholte sie und war kurz fast benommen von Metins geschickter Massage. Sie seufzte ungewollt.

Was Metin nun doch irritierte. Fand sie ihn aufregend? Also war die Einladung auf das Discoboot ein Date? Flirtete sie mit ihm? Er war sich nicht sicher, aber er war ein stattlicher Kerl. Akademiker. Sicherer Job. Autoritäre Erscheinung. Versorgerpotenzial hoch.

»Können Sie mal ein bisschen tiefer? Da hab ich so eine leichte Zerrung von meinen Tantraübungen.«

Sehr zögernd tastete sich Metin zur Lendenwirbelgegend vor, die mit dem Justin-Bieber-Schriftzug bedeckt war, und entlockte Doris weitere wohlige Stöhner. Jetzt begann er langsam die Sache zu genießen. Er schien offenbar geschickte Hände zu besitzen. Zum ersten Mal seit vielen Jahren erwachte so etwas wie sein türkischer Jagdinstinkt.

18

Sie hatten schon einiges erlebt. Schlägereien. Autounfälle und dergleichen. Cem hatte mal einen toten Junkie in seiner Kotze liegen gesehen und Lena war vor drei besoffenen Skinheads geflohen, die ihr ein Kind machen wollten, weil sie sie schön arisch fanden. Das alles waren alltägliche Lächerlichkeiten im Vergleich zu der gigantischen Wand aus Mammutbäumen, Schlingpflanzen und Farnen, die sich vor ihnen auftat. Unheimliche Tierstimmen drangen aus der fremden Welt. Sie waren im Begriff, die Grenze zur Urwaldhölle zu überschreiten. Und jeder von ihnen hatte Schiss. Am tiefsten waren die Sorgenfalten bei Yagmur. Cem hatte das größte Talent, so zu tun, als ob ihm alles wurscht sei.

»S…sind da Tiere drin?«, stotterte Costa.

»Milliarden«, vermutete Cem und genoss es, dass die anderen ihre Gefühle nicht so gut verbergen konnten wie er.

»Ich will da nicht rein«, sagte Yagmur zittrig.

»Ruhe!«, befahl Cem. »Wer Trommeln hat, hat auch ein Boot.«

Er war sicher, dass die Trommeln von einem Ferienclub

stammten oder irgendeiner Gruppe Abenteurer, die abends ein bisschen Musik am Lagerfeuer machten. Sicherheitshalber hatte er aber mal die Machete aus der Hütte mitgenommen.

»A…aber w…w…wenn sie g…gefährlich sind?«

Costa und Yagmur waren nämlich der Meinung, dass es sich auch um Wilde handeln könnte.

»Jetzt pisst euch nicht in die Hosen«, krächzte Cem. »Es gibt keine Eingeborenen mehr, die sind längst alle abgeschlachtet oder missio…äh…dings.«

»Missioniert!«, korrigierte Lena, die jetzt neben ihn trat. Mit ihren hohen Schuhen hatte sie ein bisschen länger durch den Sand gebraucht.

»Der Duden hält jetzt mal die Fresse, sonst kommt er ins Altpapier«, motzte Cem und erschrak, als er Lena ansah. Die hatte sich Gesicht und Arme mit Schlamm eingerieben, der langsam antrocknete.

»Bist du in Dinosaurierscheiße gefallen?«

»Ich habe keine Sonnencreme mehr, und das ist ein natürlicher Schutz gegen UV-Licht und Insekten.«

»Das sieht behindert aus!«

»Oh, Scheiße«, erwiderte Lena ironisch, »was denken jetzt bloß die zehntausend jungen, attraktiven Millionäre, mit denen wir abgestürzt sind?«

Herrlich. Sie fand langsam zu ihrer alten militanten Form zurück.

Cem zuckte mit den Schultern und lief los. Er begann, mit der Machete einen schmalen Pfad ins grüne Dickicht zu schlagen. Hinter ihm Costa, der sich immer wieder umsah und vor allem Yagmur regelmäßig galant die Hand anbot, wenn es felsig oder unwegsam wurde. Yagmur lehnte natürlich ohne ein Wort ab und ignorierte ihn. Sie fand es furchtbar, dass sie mit einem fremden männlichen Lebewesen so viel Zeit verbringen musste. Anfangs war sie Costas Blicken noch unsicher ausgewichen, aber inzwischen tat sie es hier und da Lena nach und blickte kühl oder antwortete patzig, wenn er holprige Kommunikationsversuche startete. Und ganz bestimmt würde sie nicht seine Hand nehmen. Das war ja geradezu intim! Lena hingegen hätte gern den Arm von Costa genommen. Aber der hatte nur Augen für Yagmur.

Und so stolperte sie auf ihren Absätzen hinterher, verfing sich in Lianen, lief in Spinnennetze und wurde so ziemlich überall gestochen, wo sie nicht mit Schlamm bedeckt war. Es war so weit. Sie hatte endgültig die Kontrolle verloren: Sie folgte einem Haufen Migranten durch einen unerschlossenen Dschungel.

Tiefer und tiefer drangen sie in den Wald vor. Die Bäume wurden immer höher, die Stämme immer dicker. Aus dem satten Grün wurde langsam ein graues Schwarz, denn der Tag neigte sich dem Ende zu. Und auch die Kräfte der kleinen Clique schwanden. Inzwischen zuckte niemand mehr, wenn es aus einer Baumkrone zischte oder kreischte. Lena zählte nicht mehr mit, wenn ihr wieder ein Papagei auf den Kopf schiss. Cem wurde immer geschickter mit der Machete und schlug tapfer den Weg frei für die anderen. Als sie zum vierten Mal von einer Horde kleiner Affen mit harten grünen Beeren beworfen wurden, die Cem als hart getrocknete Tierscheiße identifizierte, nachdem Costa ein paar davon gegessen hatte, warf Yagmur sogar zurück und vertrieb die frechen Biester. Sie passten sich an. Die Großstadtkinder hatten Kampfgeist entwickelt. Ohne es auszusprechen, hatten sie sich alle dazu entschieden, die Schlacht gegen die Wildnis zu gewinnen. Niemand würde aufgeben.

Sie vertrieben sich die Zeit, indem sie laut ihre Moskitostiche zählten oder sich vorstellten, was sie alles zu essen bestellen würden, wenn sie wieder in der Zivilisation waren.

Als die Sonne fast verschwunden war, sahen sie über den Baumkronen Rauch aufsteigen. Cem zeigte mit der Machete den Weg. Sie mussten fast am Ziel sein. Hoffnungsvoll stolperten sie weiter. Und niemandem fiel auf, dass sie eine Grenze überschritten hatten. Eine Grenze, die mit merkwürdigen Steinformationen und verwitterten Totenschädeln gezogen worden war, die in der Dunkelheit fast nicht zu erkennen waren.

»Da!«, flüsterte Cem plötzlich und stoppte. Die anderen reihten sich neben ihm auf, folgten seinem Blick und hielten den Atem an. Sie hatten den Ursprung der Trommeln entdeckt. Vor ihnen lag es. Kein Hotel. Auch kein Abenteurer-Camp, sondern ein waschechtes Eingeborenendorf. Ein paar einfache strohbedeckte Hütten, aus deren Fenstern es leuchtete wie aus den Augen eines Totenschädels. Bunt bemalte dunkelhäutige Krieger, nur mit Lendenschurz bekleidet, rührten in einem Topf und putzten ihre Speere. Es wirkte wie die Szenerie aus einem Abenteuerfilm. Aber das hier war echt.

»K…krass«, stotterte Costa.

»Alter, ist das Troja?«, fragte Cem.

Cems historisches Allgemeinwissen war beeindruckend, dachte Lena. Gut, dass sie später mal einen intelligenten Freund haben würde. Oder zumindest einen, der Troja in Europa vermutete.

Sie beobachteten, wie ein breitschultriger schwarzer Mann, offenbar der Häuptling, eine in Lumpen gekleidete weiße Frau packte und ruppig in Richtung eines Steinaltars schob. Hier lag Gewalt in der Luft, das spürte Cem sofort.

»Scheiße, das sind Kannibalen!« Seine Stimme zitterte vor Anspannung.

Lena sah eine günstige Chance für eine Runde IQ-Bashing.

»Cem, hast du das daran erkannt, weil du dich mit seinem Stamm in deinem Ethnologiestudium beschäftigt hast? Denn ein primitives Dorf und ein bisschen bunte Körperbemalung sind noch lange kein Beweis dafür, dass das Kannib…«

Weiter kam sie nicht, denn sie alle schrien leise auf, als sie sahen, was da vor ihren Augen passierte: Der schwarze Häuptling packte die blonde Frau und schubste sie rücklings auf den Altar. Der war halb von einem meterdicken Baumstamm verdeckt, sodass sie den Kopf der Frau nicht mehr sehen konnten. Was wohl auch gut war. Denn der Häuptling drückte sie nach unten und holte mit dem linken Arm weit aus. In seiner Faust hielt er einen spitzen Dolch.

»… okay, es *sind* Kannib…«, zischte Lena angstbebend, bevor Cem ihr und Yagmur reflexartig den Mund zuhielt. Was keine schlechte Idee war, denn der dicke Mann ließ seine Waffe nach unten sausen und traf wohl die blonde Frau am Kopf, denn sie begann markerschütternd zu schreien. Ihre Beine zuckten und ihr Schrei erstarb kläglich.

Dank Cems schneller Reaktion erstarben die Angstschreie der Mädchen unter seinen schwitzigen Händen. Costa hatte sich zur Sicherheit selbst den Mund zugehalten.

»Wir werden uns jetzt ganz langsam umdrehen und ganz leise zurückgehen, okay?«

Cem sprach mit gedämpfter Stimme.

Yagmur und Lena, nach wie vor mit Cems Händen auf dem Mund, maunzten verschüchtert.

»Hmmmmmm!«

Das sollte so viel heißen wie »Okay. Eine andere Idee hätten wir gerade auch nicht«.

Cem zog die Mädchen noch ein paar Meter in den Urwald, dann begannen sie zu rennen. So schnell sie konnten! Keiner der vier konnte sich mehr halten, alle brüllten wie am Spieß. Sie rannten um ihr Leben, einfach in den Dschungel rein, sie prallten gegen Büsche, Lianen peitschten in ihre Gesichter; auf halber Strecke blieb Yagmur mit ihrem Kopftuch an einem vorstehenden Ast hängen, das Tuch riss herunter und der Ast schnellte nach oben. Yagmur sah sich kurz um, dann aber wollte sie weg, nichts als weg. Das Kopftuch blieb zurück. Unter normalen Umständen ein Albtraum für eine gläubige Muslima, aber Yagmur hatte Todesangst. Und sprang mit wehenden Haaren wie ein Reh davon.

Wenige Minuten später griff die bemalte Hand eines Kriegers nach Yagmurs Kopftuch und zerrte es vom Ast. Er hielt es an seine Nase und sog den Geruch ein. Lange und tief. Sein Gesicht war unheimlich bemalt. Und dann hob er seine Nase in den Wind. Er beeilte sich nicht. Er wusste, dass ihm auf dieser Insel niemand entkommen konnte.

19

Eine halbe Stunde später waren sie zurück an der Hütte. Sie hatten keine Körperteile verloren – von Yagmurs Kopftuch mal abgesehen. Cem schloss die Tür von innen ab und schob sicherheitshalber noch einen der Schreibtische vor die wackelige Holztür. Costa verriegelte die verwitterten Überreste der Fensterläden. Dann kamen sie endlich zur Ruhe. Yagmur winselte leise, aber ausdauernd, wie ein verletzter Hund, während Lena sich erst mal den Schlamm von Körper und Gesicht abrubbelte. Cem sprach aus, was alle dachten:

»Der hat die abgestochen!«

»Ihr müsst uns beschützen! Ihr müsst sagen, was wir tun sollen!«, jammerte Yagmur in Richtung Cem und Costa und klammerte sich an Lena, die neben ihr an der Wand kauerte.

»Yagmur, nur weil wir die Frauen sind, heißt das nicht, dass wir nicht genauso gut entscheiden können, was wir tun.«

Lenas feministische Äußerung hatte nicht das gewünschte Ergebnis. Denn als alle sie daraufhin erwartungsvoll anguckten, lenkte sie räuspernd ein.

»Okay, gut, ähm, was schlagt ihr vor?«

Cem begann die Rettungsinsel, die in der Hütte lag, seit sie die Luft rausgelassen hatten, abzutasten und mit dem Messer durch die harte Gummihülle zu schneiden, um den Funk-Peilsender herauszutrennen.

»Wenn die den Sender nicht orten können, müssen wir es machen wie in ›LOST‹.«

»A…a…auf den Berg b…bringen?«

»Ja, von da oben kriegen sie das Signal vielleicht besser rein.«

Er riss die Landkarte der Insel von der Wand und deutete entschieden auf den eingezeichneten Berg, der sich auf der anderen Seite der Insel erhob.

»Morgen früh beginnt die Expedition!«, verkündete er.

Immerhin, dachte Lena. Sein erstes Fremdwort.

Während die Mädchen von Träumen geschüttelt unruhig schliefen, wechselten sich Cem und Costa mit der Nachtwache ab. Aber der halb nackte Krieger, der durchs Fenster blickte, blieb von Costa unentdeckt. Er betrachtete die merkwürdige Gruppe Jugendlicher mit düsterem Blick. Und als Costa ein Geräusch hörte und zum Fenster blickte, war der Wilde schon längst verschwunden.

Costa hantierte unruhig mit der Machete und blickte auf die Schlafstätte. Er musterte die anderen. Yagmur, die so wunderschön aussah. Und Lena, die im Schlaf ganz nah an Cem herangerutscht war und sich an seine Brust drückte. Cem, der so viel cooler war als er und offenbar nur so tat, als ob er schlief. Denn Costa war sich ganz sicher, dass Cem eben für einen Moment die Augen geöffnet hatte, um Lena anzusehen. Und zufrieden gelächelt hatte, als sie im Schlaf noch ein Stückchen näher an ihn herangerutscht war. Costa wurde nachdenklich. Er hatte keine Freunde in

Deutschland. Das hier war seine erste richtige Clique. Er richtete sich auf und konzentrierte sich auf die Geräusche. Er würde sie alle verteidigen. Notfalls mit seinem Leben.

Wenig später schlief er ein.

Aber was zählte, war ja der Gedanke.

20

Als die Sonne die paradiesische Bucht in ein Bacardi-Werbesetting verwandelt hatte, schienen die unheimlichen Ereignisse der vergangenen Nacht fast nur noch wie ein böser Traum. Kaum zu glauben, dass im Inneren der Insel der Horror Hütten gebaut hatte. Die Patchwork-Clique hatte sich für einen langen Marsch am Strand entlang zum Berg gerüstet, auch wenn der länger dauern würde als quer über die Insel. Aber nach dem gestrigen Schock wollte niemand mehr in den Urwald.

Die Jungs hatten sich aus Fundstücken Speere gebaut und die Landkarte steckte in einem Köcher auf Yagmurs Rücken, die von Cem mit allerlei Utensilien zum Packesel umfunktioniert worden war und sich natürlich nicht dagegen wehrte. Lena hatte nach der gestrigen unpraktischen Flucht auf Pumps schwere Expeditionsstiefel gewählt. Über ihrem Tropenhut hing ein vergilbtes Moskitonetz. In die Vogue würde sie es damit nicht schaffen. Während die anderen schon langsam eine gesunde Bräune bekamen, war sie nach wie vor der tropischen Sonne nicht gewachsen. Überhaupt war ihr zu heiß. Ihre Füße taten weh. Und sie fiel recht schnell ein paar Meter zurück.

»Meinst du, die K…K…Kannibalen v…verfolgen uns?«, fragte Costa und sah Cem besorgt an.

Cem hatte ganz andere Sorgen. Oder besser gesagt: Gedanken.

»Die Kleine steht voll auf mich, ich hab's in ihren Augen gesehen. Ich wette, ich könnte sie bumsen.«

Costa hatte keine Ahnung, von wem er sprach, bis Cem einen kurzen Blick über seine Schulter auf Lena warf, die gerade quiekend einem Krebs auswich.

»S…stehst d…du auf die kleine K…K…Kratzbürste?«

»Quatsch. Ich will ihr nur mal zeigen, wer Tarzan und wer Jane ist, weißt du? Sie so ein bisschen einreiten. Sie hat so eine große Fresse, das macht mich irgendwie …«

Costa fiel ihm ins Wort – so gut er konnte.

»G…g…g…geil, ne?«

»Ja, bisschen«, gestand Cem. »Ich habe auch schon bestimmt seit achtundvierzig Stunden nicht mehr gewichst. Das letzte Mal im Flugzeug, glaube ich.«

»Ich habe vorg…gestern«, teilte Costa freudig mit.

Cem war entsetzt: »Wann denn, Alter? Als wir neben dir gepennt haben?«

»Nee. B…bin k…kurz r…raus.«

Cem verbannte die Vorstellung daran und konzentrierte sich wieder auf sein eigenes Dilemma.

»Ich bin Moslem, Alter. Ich brauche eine Bodylotion.«

Er vollführte eine eindeutige Bewegung mit der rechten Hand.

Costa lief ein paar Schritte voraus und hob eine große längliche Muschel auf.

»Nimm doch die«, sagte er aufgeregt, »voll die k…kleine F…F…Fickmuschel.«

Cem schlug Costas Hand samt der Muschel weg. Costa war wirklich ein kleiner Spinner.

»Das ist echt neuer Rekord. Ich hoffe, ich kriege keine bleibenden Schäden.«

»Ja, ich w…weiß, w…was du meinst. U…u…und dann ständig die b…beiden S…Süßen vor Augen.«

Costa freute sich sichtbar über seine irrsinnig gelungene Ansage. Gleich darauf bemerkte er aber seinen Fehler.

Cem stoppte abrupt und blickte ihn düster an.

»Alter, hast du gerade gesagt, dass du meine Schwester geil findest?«

»N…nee, d…die ist v…voll h…h…hässlich, Alter.«

»Was?«, schrie Cem und schubste den schmächtigeren Costa mit der Brust in Richtung Meer.

»U…u…uninteressant, m…meine ich. F…für mich.«

Cem war nicht beruhigt, aber Costas deutlich gezeigter Respekt besänftigte ihn.

»Also wetten wir jetzt?«

»Ich w…will nicht.«

»Du musst«, befahl Cem und ging energisch weiter. Costa beeilte sich, nachzukommen.

»W…w…wieso?«

»Weil's sonst langweilig für mich ist.«

»O…okay, ich h…hab n…noch ein S…Snickers.«

»Deal«, sagte Cem schnell, »du kriegst einen Zehner, wenn ich verliere.«

Yagmur hatte die beiden eingeholt und die letzten Sätze ihres Gespräches mitbekommen.

»Ich glaube nicht, dass sie dich ranlässt«, sagte sie lächelnd, »du bist nicht ihr Typ. Intellektuell und so.«

»Ja, stimmt schon, sie ist nicht besonders pfiffig, aber das macht nichts. Ich bumse oft mal unter meinem geistigen Niveau.«

Cem marschierte cool weiter. Costa und Yagmur tauschten einen kurzen Blick aus. Sie hatten ihre erste Gemeinsamkeit entdeckt: Lachen über Cems Großschnäuzigkeit.

Kurz danach schloss Lena zu den dreien auf.

»Was macht ihr?«, fragte sie matt. »Worüber redet ihr? Was Lustiges?«

Cem sah sie prüfend an, besann sich wieder auf seine Rolle als Rudelführer und schwieg. Erst vier Stunden später wurde das nächste Wort gesprochen.

»Pause!«

Sie bauten sich ein kleines Lager, um die brutale Mittagshitze erträglicher zu machen. Ein Teil der Plane, die Cem von der Rettungsinsel heruntergeschnitten hatte, diente ihnen als Sonnendach. Bald dösten sie alle weg. Rechts von Cem lag Lena und mit einem zufriedenen Lächeln nahm er zur Kenntnis, dass sie seit der vergangenen Nacht seine Nähe suchte, anstatt ihn auf größtmöglicher Distanz zu halten. Das kleine deutsche Mädchen hatte ihn eindeutig als Beschützer akzeptiert und das schmeichelte seinem Machoherz.

Die Luft flimmerte. Alle waren nur mit dem Nötigsten bekleidet, Yagmur hatte sich jedoch komplett eingewickelt. Arme und Kopf waren bedeckt, das Kleid, das mehrere Schichten hatte, reichte bis zum Boden. Im Gegensatz zu den anderen verbot ihre Religion es ihr, sich auch nur ansatzweise zu entblättern.

Dummerweise hatte das einen kleinen Nebeneffekt. So langsam roch sie nicht mehr nach Rosen und Vollwaschmittel. Cem konnte nicht aufhören, an seiner dösenden Schwester zu riechen.

»Ey, du stinkst voll!«

Yagmur machte die Augen auf und blickte ihn verstört an, bevor sie antworten konnte. Es war doch immer wieder überraschend, wie charmant ihr Bruder sein konnte.

»Du auch!«

»Ja, aber ich bin der Mann«, stellte Cem klar. »Du schwitzt da deine zwanzig Wollunterhosen voll, ey, das lockt Tiere an. Los, leg dich weiter weg.«

Yagmur rückte einen halben Meter ab, doch das reichte Cem nicht. Per Klaps auf den Oberschenkel bedeutete er Yagmur, dass das immer noch nicht weit genug entfernt war. Also verließ Yagmur mit zerknirschter Miene das provisorische Zelt, schnupperte dann selbst vorsichtig an sich und stellte fest, dass Cem nicht unrecht hatte. Die dicke Kleidung und die Hitze hatten verhängnisvoll zusammengespielt und ein übel riechendes Ergebnis erzeugt.

Yagmur ärgerte sich. Sie war ein sehr reinlicher Mensch, stets bedacht, nicht unangenehm aufzufallen, im Gegenteil, es war ihr ein großes Anliegen, der Menschheit zu zeigen, dass ihre Religion keinerlei Nachteile aufzuweisen hatte. Und nun das. Unmöglich. Ach je, wie vermisste sie ihre große Badewanne und wie gern hätte sie sich ausgiebig ihren morgendlichen Schönheitsritualen gewidmet. Sie vermisste ihre gute Hautcreme aus Istanbul, ihre Haarspülung, den Duft von Lavendel, der ihr entgegenströmte, wenn sie ihren perfekt sortierten Kleiderschrank öffnete.

Die anderen schliefen fest. Und Yagmur fand, dass eine Ausnahmesituation Improvisation erlaubte. Vorsichtig schlich sie sich den sandigen Abhang hinunter zum türkisen Meer, das paradiesisch vor sich hinschwappte, als wolle es rufen: »Komm, kleine Muslima, nimm ein kleines Bad. Ich gucke auch nicht hin.«

Yagmur löste sich elegant aus ihrer Textilfestung. Und das Meer schwappte ein bisschen lauter. Denn unter ihrem Kleid trug Yagmur ziemlich heiße Unterwäsche. Eines ihrer kleinen Geheimnisse.

Oben am Lager stupste derweil eine Krabbe Costa von der Seite an. Er wachte auf und sah sich schläfrig um. Da unten im Meer, da war doch was. Costa kniff die Augen zusammen, um gegen das grelle Sonnenlicht etwas erkennen zu können. Da plantschte jemand im Wasser und jauchzte vor Vergnügen. Neben ihm schienen Lena und Cem fest zu schlafen und Yagmur war nicht da. Das konnte nur eins heißen: JACKPOT!

Er stand auf und schlich vorsichtig und in gebeugter Haltung hinunter zum Meer, wo er sich hinter einen großen Felsen duckte, um Cems Schwester unbemerkt beobachten zu können. Wie wunderschön sie war! Ein perfekter Körper, die milchkaffeebraune Haut, die langen schwarzen Haare und – leck mich, dachte Costa. Was hat die Frau denn bitte für heiße Unterwäsche an?

Yagmur stand bis zu den Oberschenkeln im Wasser und spritzte immer wieder Wasser nach oben, sodass es auf sie herabregnete, und lächelte gelöst. Sie schien nicht zu bemerken, dass sie angestarrt wurde. Dann drehte sie sich unvermittelt um und schaute Costa direkt in die Augen. Der war ertappt, gab seine geduckte Haltung auf und kam aus seinem Versteck. Was sollte er auch tun?

Yagmur tauchte augenblicklich bis zu den Schultern ins Wasser. Costa fand, es war Zeit, etwas zu sagen.

»U...und? W...Wasser sch...schön warm?«

Es war das erste Mal, dass er auch gestottert hätte, wenn er keinen Sprachfehler gehabt hätte. Yagmur erwiderte kühl:

»Es geht!«

Wie eine Göttin entstieg sie den Fluten, Costa immer fest in ihrem düsteren Blick. Der konnte nicht glauben, dass dies das verschüchterte und tief verschleierte Mädchen war, das er schon die ganze Zeit süß gefunden hatte. Er war hin und weg. Und die Göttin lief direkt auf ihn zu! Schließlich stand sie vor ihm. Ganz nah. Er hätte sie berühren können.

Immer noch sah Yagmur ihm fest in die Augen. Und ganz plötzlich durchfuhr sie ein leichtes Kribbeln. Die Situation war verboten. Geradezu aufregend verboten.

Sie drehte sich um und begann sich wieder anzuziehen – langsamer, als es angemessen gewesen wäre.

»Hast du eigentlich eine Freundin?«, fragte sie beiläufig und biss sich sofort auf die Lippen. Was war nur in sie gefahren?

»N...n...nix Festes«, stammelte Costa und versuchte – erfolglos – lässig zu wirken.

»W...wieso?«

Yagmur drehte sich ruckartig um:

»Darf man nicht fragen, oder was?«

Sie hatte sich ihr Shirt übergezogen, unter dem sich der nasse BH abzeichnete, und stand ganz dicht vor ihm. Costa schluckte.

»Und d...du? Freund?«

Yagmur wurde es nun doch etwas mulmig. Hier stand

sie fast nackt und redete über sehr persönliche Dinge. Sie musste die Notbremse ziehen.

»Unverschämtheit, ich bin Muslima!«

Dann rief sie zum Lager hinüber:

»Ceeem! Kommst du mal?«

Costa war perplex.

»W…w…was ist d…denn l…« Weiter kam er nicht.

»Ceeeem, ich bin nackt und Costa spannt!«, rief Yagmur nun noch etwas lauter.

Costa wurde knallrot und bekam noch weichere Knie.

»A…aber ich h…h…hab doch …«

Der Satz fand kein Ende. Denn Cem war schon aufgesprungen und hatte sich auf ihn gestürzt, gewillt, die Ehre seiner Schwester notfalls bis aufs Blut zu verteidigen.

Der Schlag war so heftig, dass Costa taumelte.

Er trat einen Schritt zurück, wollte sich umdrehen und weglaufen, aber Cem verpasste ihm die nächste Ohrfeige. Nach dem ersten Schreck fing sich Costa wieder und besann sich auf seine Streetfighter-Qualitäten aus Steglitz 41. Er war nicht so groß und nicht so stark wie Cem, aber dafür ziemlich wendig, er konnte gut einstecken und auch ganz ordentlich zuschlagen.

Die beiden prügelten, schubsten und schlugen sich unter Palmen, als wären sie in Berlin – und Yagmur amüsierte sich bestens.

»Los, Cem. Hau richtig zu!«

Costa, der gerade mit dem Gesicht voraus in den Sand gedrückt wurde, glaubte nicht recht zu hören.

»Ich habe dir gesagt«, schrie Cem keuchend, »lass die Finger von ihr! Keiner fasst sie an und erst recht nicht so ein Spast wie du.«

»Ich b…bin k…kein Spast, d…du Hurensohn!«, brüllte Costa.

Das brachte Cem erst richtig in Rage. Er warf sich auf Costa und würgte ihn.

»Lass – mei-ne Mut-ter – aus – dem – Spiel«, presste er in abgehackten Silben heraus, zu jeder einzelnen stieß er Costas Hinterkopf auf den Boden.

Lena wachte auf und konnte nicht glauben, was sie sah. Sie lief los und goss Cem den Inhalt ihre Feldflasche über den Kopf.

»Hör auf, du bringst ihn um!«, brüllte sie.

Die Jungs ließen voneinander ab. Cem keuchte schwer. Costa suchte Schutz unter einem Baum. Dann verließ Cem mit blutiger Nase die Szenerie und stampfte davon.

»Cem«, rief ihm Lena nach, »Cem, bitte lass den Konflikt hier nicht so offen zurück!«

Keine Antwort.

»Cem! Ich zähle bis drei. Eins, zwei … zweieinhalb …«

Cem reckte zur Antwort nur seinen Mittelfinger in die Höhe.

Lena folgte ihm. Über so einen Wutausbruch musste man reden. Das verlangte schon ihre pazifistische Erziehung.

Costa blickte Yagmur fassungslos an.

»Sch…Scheiße, was s…sollte das?«

»Ich wollte nur sehen, ob du stärker bist als er«, sagte sie schnippisch, band das Kopftuch, das sie sich aus einem Handtuch zurechtgeschnitten hatte, drehte sich um, tänzelte ohne Anflug eines schlechten Gewissens davon und rief:

»Bist du aber nicht!«

Costa blieb unter einer Palme zurück. Ihm war zum Heulen zumute. Frauen im Allgemeinen waren schon ein einziges Rätsel. Aber Yagmur schien überhaupt nicht von dieser Welt zu sein. Verdammt, es würde doppelt schwer sein, sie zu erobern.

21

Lena lief hinter Cem her, obwohl sie eigentlich keine große Lust hatte, eine Spezialausgabe der »Super-Nanny« unter Palmen zu moderieren. Cem ging sehr schnell, er setzte offenbar seine Aggressionen in Tempo um und stoppte erst, als er an die kleine Flussmündung gelangte, wo er sich auf einen Stein hockte und den Boden anstarrte. Als Lena ihn erreichte, sah sie, dass er aus der Nase blutete, ein paar Tropfen waren schon im Sand gelandet und dort eingetrocknet.

»Lass mich raten«, sagte Lena, »in Kreuzberg gilt das als Kratzer.«

Cem rotzte auf den Boden:

»Exakto.«

Sein Gesicht war blutverschmiert. Bei aller Coolness wirkte er in diesem Augenblick doch zerbrechlich. Irgendetwas hatte ihn tief gekränkt. Lena setzte sich neben ihn auf den Stein, holte ein Stück Stoff aus ihrer Tasche, benetzte es mit etwas Wasser aus dem Fluss und tupfte Cem vorsichtig, fast zärtlich, das Blut von der Oberlippe.

»Ich habe mich richtig erschrocken«, sagte sie sanft, »du wirst total aggressiv.«

Geburtstagskuchen waren für Mama Doris schon immer eine Herausforderung.

Doris findet immer den unpassendsten Moment, um ihre Tochter zu nerven.

Die Sonnenfinsternis ist doch ein super Moment für ein Liebesgeständnis. Dachte sich Frieder.

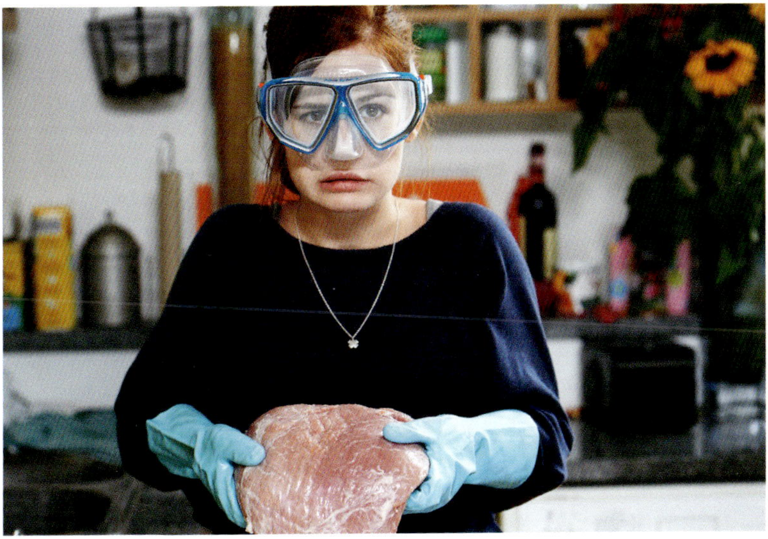

Lena Schneider vermeidet gern direkten Kontakt zu Lebensmitteln.

Das Leben als Teenager ist schon irgendwie scheiße.

Cleo setzt große Hoffnungen auf ihren kleinen Rapper Cem.

Metin hat seine kleine Familie fest im Griff.

Nils Schneider träumt von einem Leben auf anderen Planeten.

Ist das nicht die blöde Kuh von der Kreuzung?

Yagmur trifft zum ersten Mal auf den merkwürdigen Costa.

So frisch nach einer Strandung kommt man sich unfreiwillig näher.

»NEIN!« – Costa kennt weder Cleo noch Zeynep noch sonst wen aus Berlin.

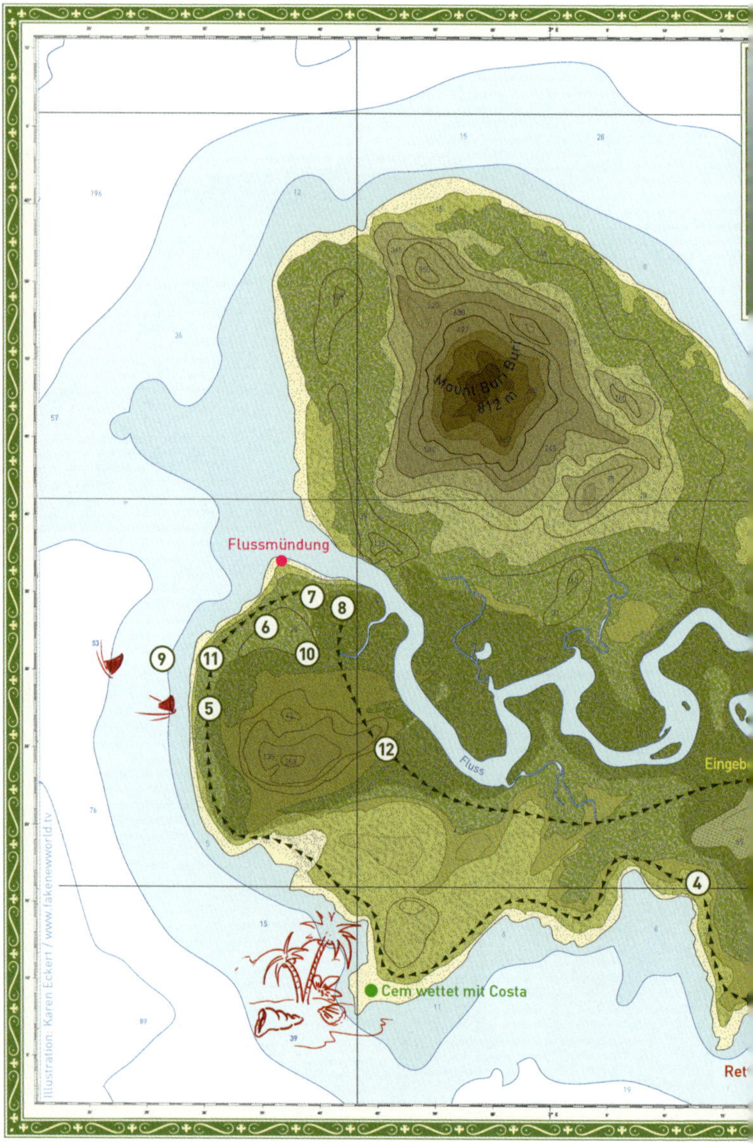
Mount Buri Buri
812 m
Flussmündung
7
8
6
9
11
10
5
12
Fluss
4
Cem wettet mit Costa
Illustration: Karen Eckert / www.fakenewworld.tv

Ankunft
Suche nach den Trommelgeräuschen
Flucht zurück
Sichere Route zum Berg
Lager / Rast
Streit zwischen Cem und Costa / Magischer Moment zwischen Costa und Yagmur
Lena säubert Cems Wunde
(8) Lena gerät in die Falle
(9) „Hai" greift Lena an
(10) Lena und Yagmur fangen Krabben
(11) Lena tritt auf einen Seeigel
(12) Cem trägt Lena zum Eingeborenendorf
(13) Lena versucht, Cem zu verführen
(14) Dramatisches Finale am Wasserfall / Doris und Metin kommen

Auf der einsamen Insel wird ein Lagerfeuer vorbereitet.

Metin und Doris unterscheiden sich nicht nur in Sachen Bademode.

Auf dem Weg zum Berg wird eine kleine Pause gemacht.

Cem findet, dass Yagmur stinkt.

Costa sieht Yagmur zum ersten Mal ohne Kopftuch.

Momente, die Geschichte schreiben:
Türke trifft auf Adivasi-Stamm.

Cem quatscht sich mal so richtig aus. Lena hört gern zu.

Bei Uschi und Bongo im Eingeborenendorf
gibt's leckeres Affenhirn.

Kleine Drum-Session mit den Kannibalen.

Eine glückliche Beziehung braucht kein Porzellan.

Lena nimmt einen tiefen Zug aus der »Friedenspfeife«.

Ein cooler
Rapper braucht
ein Musikvideo!

Die Öztürks sind plötzlich abgereist. Lena feiert den Moment.

Cem und Yagmur sind nicht begeistert von ihren neuen norwegischen Namen.

»Ich will nicht, dass sie so wird wie die anderen Mädchen. Ich will, dass sie etwas Besonderes bleibt. Und dass nicht irgendwer auf sie draufspringt und ihr …«

»… ihr wehtut«, ergänzte Lena. »Ich glaube, sie wollte ihn provozieren: Solche Unterwäsche trägt man nicht ohne Grund.«

Cem schwieg, dann entdeckte er, dass ihn Lena mit ihrem Kirsch-Print-Slip abtupfte. Er musste lachen.

»Apropos. Hattest du den nicht gestern an?«

Glaubte er, sie würde seine Wunden mit gebrauchter Unterwäsche pflegen?

»Ich … habe immer einen zum Wechseln im Handgepäck«, stammelte Lena verlegen, »denn letztes Mal, da war unser Koffer verschwunden und ich hatte keine Unterw…«

»Wieso hast du solche Liebestöter an?«, unterbrach sie Cem.

»Weil …«, Lena überlegte. Ihr fiel nichts ein, außer dass sie nicht damit rechnete, dass irgendjemand außer ihrer Mutter ihre Wäsche sah.

»Weil die am Po nicht so einschneiden.«

Wieso erklärte sie ihm das eigentlich?

»Du, ich diskutiere jetzt hier nicht mit dir, wieso ich was anziehe.«

»Hast du Komplexe?«, grinste Cem.

»Was? Nein! Wieso?«

»Ich meine, du siehst gut aus und so was. Wieso ziehst du nicht mal was Normales an, Tanga oder Strapse oder so.«

Lena war baff.

»War das ein Kompliment?«

Shit. Cem erschrak. Das war schon fast zu nett gewesen! Er korrigierte:

»Du hast jetzt keine Monstertitten, aber …«

Weiter kam Cem nicht, denn Lena fiel ihm ins Wort:

»Waaaahn-sinn, also offensichtlich, Cem, wolltest du mir gerade ein Kompliment machen, und dann hast du gemerkt, dass du aufmachst, was ich super sympathisch finde, und jetzt hast du Angst vor dir selbst.«

»Was, Angst?« Cem klopfte sich gegen die Brust. »Ich habe vor gar nichts Angst.«

»Es macht dich nicht cooler, wenn du dich immer so aufspielst.«

»Ich versuche euch hier beschützen, okay?«

»Beschützen?«, stieß Lena verblüfft hervor. »Äh, wie soll ich das am besten beschreiben? Warte, was war das Wort? Richtig. Unabhängigkeit! Ich komme allein klar, Mister Macho!«

»Okay, Emanze«, konterte Cem, »dann bring du den Peilsender doch auf den Berg.«

Lena wusste, es war ein Fehler, den Geschlechterkampf ausgerechnet in so einer Situation zu eröffnen, aber jetzt konnte sie nicht mehr zurück.

»Kann ich auch. Überhaupt gar kein Problem«, sagte sie entrüstet, sprang auf und griff den Rucksack mit dem Peilsender.

»Wo war der Berg noch mal?«

Cem grinste zufrieden, er wusste, er hatte gewonnen. Er streckte lässig seinen muskulösen Arm aus, in Richtung eines Bergs, den Lena nie erreichen würde.

Weit kam sie tatsächlich nicht. Denn kaum war sie losgestapft, in Gedanken immer noch diesen arroganten Trottel beschimpfend, trat sie in eine von Laub bedeckte Schlinge, die sich sofort um ihren rechten Knöchel schloss und sie erst fünf Meter weit über den feuchten Waldboden und dann etwa zehn Meter in die Höhe riss. Das ging blitzschnell, sie hatte noch nicht einmal Zeit, um Hilfe zu rufen. Kopfüber hing sie in den Baumwipfeln.

»Ceeem. Ceeeeeemmm!«, schrie sie panisch.

Immerhin: Er war binnen Sekunden da, verstand sofort, was passiert war, schlug mit einem spitzen Stein das sich an einem Baum herabschlängelnde Halteseil durch und Lena schoss zu Boden. Sie hatte doppelt Glück. Erst sauste sie gerade so zwischen zwei Speerwänden hindurch, die sich nur knapp hinter ihr schlossen, und dann verkeilte sich ein dicker Ast in der hölzernen Seilwinde, sodass sie anderthalb Meter über dem Boden hängend zum Stoppen kam.

Nun baumelte Lena genau auf Augenhöhe zu Cem.

»Gott! Was ist das?«

»Eine Falle«, antwortete Cem fassungslos.

»Nein, das da hinter dir. Da ist ein Mensch!«, rief sie panisch.

Cem drehte sich blitzartig um und erblickte einen dunkelhäutigen und sehr muskulösen jungen Mann, kaum älter als er selbst, aber dafür doppelt so breit. Er war nur mit einem Lendenschurz und einigen Ketten um Hals und Oberarme bekleidet. Es waren Ketten aus Knochen, die wohl kaum von Hühnchen stammten. Im Gesicht war er gelb bemalt und auch am Körper war er reichlich mit Farbe verziert. Die Bemalungen machten ihn nicht weniger unheimlich. Der Krieger hatte sie offenbar verfolgt.

Der Mann redete in einer fremden Urwaldsprache auf sie ein. Cem verstand kein Wort. Nur so viel, dass es keine freundliche Begrüßung war. Es klang eher nach: Wer seid ihr? Was wollt ihr hier? Verschwindet!

Lena fuchtelte hysterisch mit den Armen und kreischte: »Geh weg, sag ihm, dass er weggehen soll!«

Cem war ein wenig überfordert mit der Situation: Vor ihm ein Kannibale, eventuell hungrig, neben ihm eine kreischende Emanze, ziemlich nervig ... Er begab sich in Boxhaltung, wischte mit den Füßen aggressiv etwas Laub in Richtung des Kriegers und rief ihm zu:

»Verpiss dich, du Spinner.«

Der ließ sich überhaupt nicht beeindrucken und redete unbeirrt in seinem Klicksprachen-Kauderwelsch weiter.

»Was sagt er?«, fragte Lena von der Seite.

»Was weiß ich? Das ist Latein, Mann.«

»Das ist doch kein Latein, du Idiot!«

Der intellektuelle Etappensieg ließ sie ihre Todesangst kurz vergessen.

»Woher willst du das wissen?«, schnauzte Cem sie wütend an.

»Ich habe das Latinum.«

Der Krieger redete immer weiter, immer wütender, machte dazu eindeutige Gesten mit seinen Armen.

»Er droht mir«, informierte Cem sie, »soll ich ihn schlagen? Ich kann ihn schlagen.«

»Nein«, flehte Lena, »wir müssen ihm zeigen, dass wir zivilisiert sind ... oder versuch wenigstens, so zu tun, als ob du zivilisiert wärst.«

»Wie denn?«, brüllte Cem ungeduldig. »Der ist doch völlig unterentwickelt. Mann, die essen Menschen!«

»Gib ihm was, schenk ihm was, Murmeln oder so.«

Der Krieger schnauzte weiter rum, während Cem seinen MP3-Player aus den Taschen der Shorts herausfischte.

»Geh auf die Knie«, rief Lena von kopfüber, »du musst es ihm ganz unterwürfig hinlegen!« Cems Mundwinkel verrieten, wie wenig begeistert er von diesem Vorschlag war. Viel lieber hätte er dem seltsamen Gesellen eine gezimmert. Aber Lena zuliebe … und man wusste ja auch nicht, was der Typ für Tricks draufhatte. Also ging er in die Knie, legte seine »Gabe« ins Laub und ging zwei Schritte zurück, ohne den Krieger aus den Augen zu lassen.

Der beendete endlich seinen Redeschwall, als er das weiße Ding da liegen sah, und schaute neugierig hinunter. Dann bückte er sich, hob das Gerät auf und drückte darauf herum. Cem beobachtete ihn gespannt.

»Guck mal, er lächelt«, sagte Cem zu Lena, dann wurde er forsch. Der Kerl verstand ihn ja eh nicht.

»Na, du Arsch, heute schon deine Kokosnüsse gegessen, hm?«

Der Krieger starrte Cem wütend an. Dann ließ er den iPod fallen und kickte ihn mit dem Fuß weg.

Cem war schlagartig stocksauer.

»Ey, du Wichser!«, brüllte er und stürmte auf den Krieger zu. Der holte blitzschnell ein Röhrchen aus seinem Lendenschurz. Cem erkannte, dass es ein Blasrohr war.

Instinktiv wich er zurück bis zu dem Baum, an dem Lena noch immer hing. Aber der Krieger hatte die Waffe schon geladen und feuerte einen Pfeil ab, der Cem wohl getroffen hätte, wäre dieser nicht schnell nach rechts ausgewichen. Er hatte sich gerade wieder aufgerichtet, da musste er sich wieder wegducken: Der nächste Pfeil kam angezischt.

»Ey, Alter, bist du irre?«, rief er aufgebracht und tippte sich an die Stirn. »Das sind Giftpfeile!«

Jetzt reichte es ihm, schließlich hatte er einen Ruf zu verlieren. Von einem halb nackten Typen ließ er sich doch keine Angst einjagen, was würden seine Kumpels in Berlin dazu sagen? Menschenfresser hin oder her. Jetzt gab's auf die Fresse.

»Ja was, du Pisser. Glaubst du, mit einem bescheuerten Minipfeil kannst du mich umbringen?«

Cem schnappte sich einen meterlangen, armdicken Ast, der am Boden lag, und stürmte, ohne weitere Pfeile abzuwarten, auf den Krieger los. Der war ob des Angriffs so verdutzt, dass er zurückwich und, als Cem ausholte, um ihm den Ast auf den Körper zu schlagen, schließlich im Dickicht des Urwalds verschwand. Offenbar war man hier einiges gewohnt, aber keine cholerischen Straßenkinder. Cem warf ihm den Ast nach und drehte sich genervt zu Lena:

»Boah, ey, immer diese Kanacken.«

Lena war beeindruckt. Wenngleich sie natürlich kein Lob dafür aussprechen konnte, dass er die Situation auf seine Art und Weise geklärt hatte. Dafür war sie nun doch zu stolz. Gleichmäßig baumelte sie hin und her und als Cem sich daranmachte, sie vom Seil zu befreien, stieß sie ihn energisch beiseite.

»Ich kann das alleine«, behauptete sie, während sie sich hin und her wand, um ihren Fuß zu erreichen.

Cem sah ihr belustigt zu.

»Mädchen, du kommst da nicht runter.«

»Nenn mich nicht Mädchen«, giftete Lena gereizt zurück.

»Okay, Gurke. Du kommst da nicht runter.«

»Boah, Cem, verpiss dich, echt.«

»Das sagst du, während du in dem Baum hängst?«

»Gott, ja, uuhh, großes Drama.« Lena wedelte genervt mit den Händen. »Jetzt hau schon ab. Ich brauche keine Hilfe.«

Cem schaute sie an, setzte einen Na-gut-du-hast-es-so gewollt-Blick auf, holte den Rucksack mit dem Peilsender – und ging. Ohne sich noch einmal umzudrehen.

Lena war entsetzt. Jetzt geht der wirklich, dachte sie und war voller Empörung. Anderseits hatte sie das ja auch gewollt. Okay, sie konnte ihn jetzt nicht zurückrufen, das wäre die totale Kapitulation gewesen. Aber wie sollte sie hier runterkommen?

Sie zerrte an dem Seil, aber es gab nicht nach, sosehr sie sich auch wand. Dann versuchte sie, unter Einsatz all ihrer nicht vorhandenen Bauchmuskeln an die Schlinge zu kommen, ohne jeden Erfolg. Sie verzweifelte.

Ihr fiel der Anhänger ein, der an ihrer Halskette befestigt war. Ein silbernes Kleeblatt. Geschickt eingesetzt könnte man damit vielleicht das Seil durchsägen. Lena machte den Anhänger ab, hangelte sich mit letzter Kraft nach oben und begann zu feilen. Es dauerte lange, aber irgendwann schien sich was zu tun, nach einer Ewigkeit war das Seil angeritzt. So weit, dass es plötzlich schnalzte, abriss und Lena aus beachtlicher Höhe ins Laub knallte. WUMMS! Ein paar Papageien stiegen erschrocken in den Himmel auf.

Die Steißbeinprellung war zu verschmerzen, Hauptsache, sie war frei.

Als sie sich auf den Weg zurück zum Lager machte, wurde es langsam dunkel. Cem fläzte sich am Strand und hob nur kurz und gelangweilt die Augenbrauen, als er sie sah. Er hätte eher aufs Rappen verzichtet, als etwas zu sagen, aber er war beeindruckt, dass sie es allein geschafft hatte. Er hatte sie unterschätzt.

»Lena, geht's dir gut?«, rief Yagmur besorgt.

»Ja, ja.« Jetzt bloß keine Blöße geben, dachte sie. »Alles prima, weißt du, wenn ich die Chance bekomme, über mich hinauszuwachsen, dann …«

Weiter kam sie nicht, sie brach zusammen und heulte. Yagmur setzte sich neben sie, Costa brachte ihr etwas zu trinken, und beide hörten sich ihre Version der unglaublichen Geschichte an, wie Cem sie da einfach so hatte hängen lassen. Im wahrsten Sinne des Wortes. Cem rührte das wenig. Yagmur war empört.

»Cem!«, rief sie zu ihrem Bruder hinüber. »So geht das aber wirklich nicht. Wir sind ein Team, und ich will nicht, dass wir jemals wieder einen von uns zurücklassen!«

»Schrei mich nicht so an, sonst fängst du dir eine!«, brüllte Cem zurück.

Das kam Lena gerade recht.

»Ja, super, schlag dich doch mit allen hier. Das bringt uns weiter«, schluchzte sie.

»J…j…ja, das bringt uns weiter«, fügte Costa hinzu und setze sich demonstrativ neben Lena. Auch Yagmur funkelte Cem weiter böse an.

Der schwieg, diese Runde hatte er verloren. Und er hatte das ungute Gefühl, dass er der meuternden Gruppe entgegenkommen musste. Sonst würde man ihn eventuell von seinem Urwaldthron stürzen. Und dann waren sie dem Tode geweiht.

22

Der Rhythmus der Musik hatte Doris sofort ergriffen, als sie den Steg zum Partyboot hinunterschritt. Supercool, dachte sie sich. Auf der mit Girlanden und Lampen geschmückten Plattform im Wasser amüsierten sich bestimmt zweihundert junge Urlauberinnen und Urlauber. Eine kleine Beachbar ließ in ihr die Vorfreude auf einen schönen Cocktail wachsen, und zwar umgeben von knackigen Jungs. Die laue Brise, die lachenden Gesichter; sie fühlte sich jung! Und positionierte sich lässig am Rand der Tanzfläche. War das dahinten nicht der attraktive Surflehrer, der mit ihr geflirtet hatte?

Metin schwante Übles, als er sich dem Steg näherte, der den Strand mit dem Boot verband. Da wummerte von Ferne das übelste Malle-Ballermann-Gestampfe herüber. Booom, booom, booom, booom. Definitiv nicht seine Musik, das war ihm klar, und definitiv auch nicht sein Publikum. Das waren doch alles Kinder! Mindestens fünfzehn Jahre jünger als er. Er würde mit Doris woanders hingehen, sobald er sie gefunden hatte. Vermutlich wartete sie schon sehnsüchtig auf ihn. Und da stand sie auch schon. In einem knappen blauen Kleid, das – wie Metin anerkennend zugeben musste – ihrer sportlichen Figur schmeichelte.

»Hallo!«, rief er gegen die Lautsprecher an.

»Hey!« Doris wippte etwas ungelenk mit den Hüften neben dem Takt. »Und? Geile Mucke, oder?«

»Was?« Metin blickte sie verständnislos an. Er nahm sich die leuchtend gelben Ohropax aus den Gehörgängen.

Doris schaute ihn erstaunt an.

»›Geile Mucke‹, habe ich gesagt!«

Es gefiel ihr hier. Metin musste umdisponieren und stellte sich auf einen Abend unter Minderjährigen ein.

»Ja, echt super!«, log Metin bemüht. »Wollen Sie was trinken?«

»Ja, gerne!«

Metin ging hinüber zur Bar, wo ein aufgedrehter Barkeeper mit Flaschen jonglierte, und bestellte zwei Rotwein. Gab's aber nicht. Also stieg er auf Wodka-Lemon um. Als er kurz darauf zur Tanzfläche zurückkehrte, traute er seinen Augen nicht. Doris turtelte offensiv mit dem schmierigen Surflehrer. Ivan schmiegte sich an sie, flüsterte ihr etwas ins Ohr, woraufhin Doris mädchenhaft kicherte.

Metin stürzte seinen Wodka-Lemon in einem Zug hinunter. Das Brennen im Hals und im Magen lenkte ihn ein wenig von der pochenden Eifersucht ab. Okay, er gab den beiden einen Song. Aber das Geturtel nahm kein Ende, die Komasaufmusik wechselte, Ivan tanzte um Doris und rieb sich an ihr.

Metin trank auch noch das zweite Glas aus, das er bis dahin fest umklammert gehalten hatte. Er beobachtete die beiden fassungslos. Doris hatte Metin vergessen.

Ivan flüsterte ihr weiter ins Ohr. Doris kicherte. Sie wurde rot und blickte ihn erregt an. Dann küsste er sie. Erst kurz und Doris war sichtlich baff. Dann griff er sich die Beute erneut und steckte Doris die Zunge in den Hals, Metin wurde schlecht.

Kurz darauf stieg er auf puren Wodka um und stieß mit sich selbst auf eine Demütigung der Extraklasse an.

Ivan griff Doris' Hand, sie verließen die Tanzfläche und machten sich daran, das Discoboot in Richtung eines kleinen Häuschens am Strand zu verlassen. Doris folgte dem Beau bereitwillig in seine Unterkunft. Es war eine einfache Holzhütte, fast im California-Stil, weiß getüncht, mit hellblauen Türen und Fensterrahmen. Ein schmales, durchgelegenes Bett stand an der Wand, ein Kühlschrank mit einem »I LOVE RUSSIA«-Sticker in der Ecke, eine Lichterkette hing von der Decke. Ein paar leere Bierflaschen rundeten das Bild ab, Bermudas und Shirts lagen wenig dekorativ in allen Ecken. Doris sah sich um. Unkonventionell, so jugendlich. Toll. Das war genau ihr Ding.

Die Klospülung rauschte und Ivan kam aus der Toilette.

»Nice little, äh, hut«, sagte sie höflich.

»I know«, sagte Ivan und drückte Doris mit dem Zeigefinger aufs Schlüsselbein, sodass sie sanft aufs Bett plumpste. Sie war seine Beute, dachte Doris und fand es furchtbar aufregend.

Er zog sich cool sein Shirt aus, sein braun gebrannter Oberkörper ließ Doris vor Freude erschaudern. Lässig blies er sich eine Strähne aus seinem Gesicht, griff Doris Hand und legte sie auf seine muskulöse Brust. Zaghaft strich sie über die seidige Haut. Er ließ ihre Hand, die langsam südlich wanderte, zunächst gewähren, kurz vor dem Hosenbund stoppte er sie und ließ sich neben Doris aufs Bett plumpsen.

»Sooo…«, sagte er abwartend, »you want one hour or the whole night?«

Doris lächelte unsicher.

»That depends on your condition«, sagte sie und versuchte einen kecken Blick.

»My condition depends on your offer«, erwiderte Ivan kühl, er schien ungeduldig zu werden.

»I can offer thi-his«, flötete Doris kichernd und ließ ihn in ihre Bluse schauen.

Ivan grinste höhnisch.

»No kidding«, sagte er abrupt. »For the whole night, I make you a special price, let's say … 300.«

Doris lachte amüsiert über den schrägen Vorschlag des stürmischen jungen Mannes.

Der missverstand das.

»Okay, okay, let's say 250. But … no licking.«

Aus Ivans Gesicht war nun jeglicher Humor verschwunden.

Auch Doris erfror das Lachen. Wurde hier gerade käuflicher Sex verhandelt?

»What?«, er schaute sie erstaunt an. »You thought this is a real date?«

Doris schwieg. Aber in ihren Augen stand ein sehr deutlich ausformuliertes »Ja, ich dachte, das wäre ein richtiges Date, du ARSCH!«.

»I mean you could be my mamutschka«, erklärte sich Ivan unbeholfen.

Hatte er gerade gesagt, dass sie seine Mutter sein könnte?

Er lachte albern, nahm dann Doris' Kinn zwischen Daumen und Zeigefinger und drehte ihr Gesicht ins Licht der nackten Glühbirne, um ihre Falten zu betrachten.

»By the way«, schlug er vor, »can we switch off the lights?«

Doris schlug ihm mit Schwung ins Gesicht, sprang auf und stürmte davon. Das Klappern ihrer Schuhe auf dem hölzernen Steg überdeckte ihr leises Schluchzen.

Sie kehrte in ihr Zimmer zurück, wischte sich die Wuttränen aus dem Gesicht, griff sich eine Flasche Weißwein aus der Minibar, nahm das Mobiltelefon vom Nachttisch, trat durch die Terrassentür nach draußen und ging hinüber zum Hotelpool. Das Meer rauschte sanft. Doris trank in großen Schlucken, sie wankte am Schwimmbadrand entlang und wählte die Nummer ihrer Schwester.

Es klingelte viermal, dann meldete sich die Mailbox.

»Hey, Diana«, sagte sie leicht lallend, »jetz' schläfste ja doch schon. Ich wollt'n bisschen quatschen.«

Als sie das Handy vom Ohr nahm, um aufzulegen, entglitt ihr das Gerät und fiel direkt in den Pool. Doris versuchte noch reflexartig danach zu greifen, verlor aber mit all ihren Promille das Gleichgewicht und schwankte ebenfalls bedenklich in Richtung Wasser.

Da hielten sie zwei starke Hände fest.

Metin.

Bevor sie betrunken auf die Poolkante aufschlagen konnte, stellte er sie wieder aufrecht hin und sah ihr in die glasigen Augen. Nein, er würde jetzt kein Mitleid haben, dachte er sich. Jetzt war es Zeit für eine Predigt!

»Wo ist denn Ihr minderjähriger Aufriss?«, fragte er vorwurfsvoll.

»Der holt kurz was zu trinken«, versuchte Doris sich rauszureden.

»Es gibt Männer in Ihrem Alter«, sagte Metin, der ihr kein Wort glaubte, noch einen Ton schärfer als zuvor.

»Was soll ich mit denen anfangen?«

»Sich unterhalten?«

»Worüber denn? Altersvorsorge? ZDF? Die Dritten?«

Doris funkelte Metin böse an und war im Begriff zu gehen. Das war ihr alles zu peinlich.

»Sie sind garstig!«, rief er ihr hinterher. Doris blieb stehen.

»Ich dachte, wir machen uns einen schönen Abend. Zum Dank lassen Sie sich von einem Hallodri aufreißen, der …«

»Ja?«, fragte sie.

»Wie viel wollte er?«, fragte Metin.

Doris drehte sich wieder zu ihm um.

»Das ist eine Unverschämtheit!«

»Sie können mir nichts vormachen. Drogenmissbrauch, zweimal Verdacht auf Diebstahl, Prostitution in vier Fällen«, konterte Metin gelassen.

Doris war entsetzt!

»Prostituiert habe ich mich nie. Und als ich den Lippenstift geklaut habe, war ich dreizehn …«

Metin fiel ihr wütend ins Wort.

»Ich rede vom Surflehrer!«

»Das kann ich mir kaum vorstellen«, sagte Doris nach ein paar Augenblicken des Nachdenkens. Woher wusste der Öztürk das?

»Ich habe ein paar Anrufe getätigt«, stellte er klar.

»Faschist!«

»Ich habe mir Sorgen gemacht! Sie sind einfach abgehauen, obwohl wir … zusammen da waren.«

»Äh, ich habe gesagt, Sie können gerne mitkommen, aber ich habe nie gesagt …«

Metin drehte sich wütend um und verschränkte die Arme vor der Brust. Doris sprach weiter:

»… haben Sie gedacht, dass … ich … dass wir beide …«

»… eine Verabredung hatten? Ja!«

»Sie sind doch viel zu alt für mich«, sagte Doris etwas mitleidig.

Metin drehte sich schwungvoll um.

»Ich bin zwei Jahre jünger als Sie!«

»Wie bitte?«, fragte Doris, ertappt. »Woher wissen Sie, wie alt ich bin?«

»Vierundvierzig.«

»Also, beleidigen lasse ich mich nicht«, sagte Doris, nahm noch einen kräftigen Schluck aus der Weinflasche und wollte gehen. Metin packte die Flasche und wand sie aus Doris' Händen.

»Sie haben genug gehabt von diesem Zeug!«

»Was wollen Sie überhaupt von mir?«, schrie Doris, nun ohne sich an der Flasche festhalten zu können. Jetzt nahm er ihr noch ihren letzten Freund, den Alkohol, oder was?

»Ich will Sie kennenlernen«, sagte Metin aufgewühlt, »aber Sie sind ja so damit beschäftigt, so zu tun, als ob Sie jemand anderes wären, dass ich gar keine Chance dazu habe. Was ist so schlimm daran, Mutter zu sein? Was ist so schlimm daran, kein Teenie mehr zu sein? Ich bin so froh, Frau Schneider, und ich danke Allah, dass ich ein Mann bin, der eine Frau ernähren kann, anstatt sich von ihr bezahlen zu lassen.«

Er blickte der sprachlosen Doris noch einen Moment in die etwas trüben Augen, dann ging er wütend weg.

»Taschengeld wird mir auch gestrichen, oder was?«, rief Doris ihm nach. Sie würde jetzt ganz bestimmt nicht zugeben, dass er ihr Dilemma gerade ziemlich auf den Punkt gebracht hatte.

Metin drehte sich noch einmal um.

»Und übrigens: Auf den Fotos sieht man ganz genau, wer die Mutter und wer die Tochter ist. Man sieht es ganz genau!«

Doris stand noch eine Weile allein da und blickte beleidigt auf das sich kräuselnde Wasser. Dann ging sie auf die Knie und fischte ihr Handy aus dem Pool. So eine Unverschämtheit! Was nahm sich dieser Kerl eigentlich heraus, dieser … dieser … anständige, offenbar an ihr interessierte Akademiker, dieser verantwortungsvolle Vater, dieser …

Doris hielt inne. Es gab eigentlich nichts, was man an Metin kritisieren konnte. Und recht hatte er auch gehabt. Sie war eben … vierundvierzig. Und zweifache Mutter. Und allein.

23

Auch auf einer nicht ganz so weit entfernten und gar nicht so einsamen Insel war es dunkel geworden. Das Lagerfeuer prasselte und Yagmur hatte sich dazu entschieden, eine Flaschenpost zu schreiben. Wenn Costa sie nur nicht ständig so blöd anglotzen würde.

Lena hatte sich in eine Liane am Dschungelrand gesetzt und schaukelte wehleidig vor sich hin. In der Ferne sah sie eine Gestalt zu Costa treten. Cem hatte sich offenbar zu einer Versöhnung durchgerungen.

»Wegen vorhin und so, 'ne? War nicht so gemeint.«

Cem hielt Costa die Hand hin, der zögerte erst und schlug dann ein.

Wow, dachte Lena, er entschuldigt sich. Ein großer Schritt in der Evolution. Cem entwickelte ein Gewissen. Dafür hatten andere Primaten Jahrtausende gebraucht. Dann sah sie, dass sich Cem zu ihr wandte.

»Alles klar?«, rief er etwas zu forsch herüber.

»Ja, normalerweise heule ich nicht so schnell«, gab Lena trotzig zurück.

»Schon okay, Mädchen heulen halt. Hast du Hunger?«

»Ein bisschen schon«, musste sie zugeben.

Cem schlug beherzt mit einem Stock gegen eine Palme und tatsächlich fiel eine Kokosnuss herunter. Er fing sie auf und schlug sie gekonnt mit seiner Machete auf.

Ob er mich mag?, durchfuhr es sie, aber sie verwarf den absurden Gedanken gleich wieder. Mit einem Lächeln hielt Cem ihr die Frucht hin. Endlich etwas zu essen, Lena war dankbar.

»Sag: Danke, großer Herrscher und Meister«, befahl Cem.

»Was?«

»Sag: Danke, Herrscher und Meister«, wiederholte Cem ernsthaft.

»Leck mich am Arsch« war alles, was Lena dazu noch einfiel.

Sie wusste nicht, was sie von ihm halten sollte. Da war er nett und fürsorglich, entschuldigte sich bei Costa. Und im nächsten Moment: unverschämt. Vorsintflutlich. Provozierend. Und Lena stellte erschreckt fest, wie sehr sie das erregte. Vor Wut erregte, natürlich. Sie schaute zu Cem hinüber, der genüsslich aus der offenen Kokosnuss trank.

Er rülpste vernehmlich und grinste. Er hatte sein Ziel erreicht. Lena war jetzt eindeutig scharf auf ihn. Kein Mädchen konnte einem badboy wie ihm widerstehen. Es war nur eine Frage der Zeit, bis er seine Wette gewinnen würde. Und dann würde das Snickers ihm gehören!

24

Lena war komplett versaut. Das durfte man nicht falsch verstehen, versaut lediglich im politischen Sinne. Zum siebten Geburtstag hatte sie bereits einen kleinen Baukasten bekommen, in den Doris alle Utensilien gepackt hatte, die man für eine anständige Demo benötigt. Mit neun Jahren verbrachte sie die Sommerferien bereits auf einem Greenpeace-Tanker, der japanische Walfänger abfing – und mit sechzehn, als sie ihren ersten Fernseher bekam, lag arte auf Taste eins.

Dementsprechend milde musste man mit Lena sein, was ihre erotischen Träume betraf. Und der, den sie in dieser Nacht hatte, war wirklich krank.

Lena sah sich rauchend in einer Gefängniszelle, vor ihr auf dem Tisch stand eine klobige Schreibmaschine. Sie hatte Siebzigerjahreklamotten an, ihre Augen waren dunkel geschminkt. Sie sah aus wie Gudrun Ensslin, die RAF-Terroristin. Lena hämmerte auf die Schreibmaschine ein, die laut klackernd Buchstaben aufs Papier druckte, als es gegen die Tür wummerte. Nur einen Augenblick später wurde sie von einem schnauzbärtigen Wachmann geöffnet, der streng zu ihr sagte:

»Frau Ensslin, der Herr Baader wäre jetzt da.«

Lena drehte sich freudig um – und da stand er auch schon. Der Popstar des Terrorismus, das Böse in Person. Gut aussehend. Aufregend. Brutal. Ihre große Liebe. Andreas. Lässig nahm er die Sonnenbrille ab. Sie sagte nur »Andreas«, er sagte nur »Gudrun« – und pustete weitere Schwaden in die nikotindunstgeschwängerte Zellenluft. Dann stürzte sie sich auf ihn und küsste ihn voller Leidenschaft und unter Einsatz ihres ganzen Körpers. Andreas – aber das war ja gar nicht der Baader, das war ... Cem.

Lena schreckte hoch.

Alles nur geträumt. Nach der anstrengenden Befreiung aus der Falle im Dschungel war sie unglaublich müde gewesen und schnell eingeschlafen. Jetzt lag sie in ihrem improvisierten Lager. Allein! Aber Cem Öztürk hatte ihr Unterbewusstsein erobert. Verdammt, dachte Lena. Es war so weit. Sie träumte von ihm.

Und warum war sie eigentlich allein? Wo waren die anderen? Lena sah sich um. An einem Ast hing ein Zettel, auf dem in krakeliger Schrift stand: »Wir sind Früchte sammeln, Yagmur und Costa.« Sie musste den halben Tag verschlafen haben. Es war schon wieder unglaublich heiß.

Und dann sah sie Cem. Er saß ganz allein und versonnen auf einem Felsen, der ins Meer hinausragte und von weißer Gischt umspült wurde. Fast zerbrechlich wirkte er, in sich versunken und nachdenklich. Lena beschloss, zu ihm zu gehen. Sie tapste barfuß durch den mittäglich glühenden Sand zum Meer, den scharfkantigen Muscheln und einer Schildkröte ausweichend. Cem sah aufs Meer raus und sagte nichts, als sie kam.

»Na, schon wach?«, fragte sie.

»Habe schlecht geträumt.«

»Hm«, murmelte Lena, »ich auch.«

»Was denn?«, fragte Cem plötzlich interessiert.

Aber das wollte Lena nun wirklich nicht erzählen.

»Mädchenkrams«, sagte sie abwehrend. »Und du?«

»Geht dich einen Scheiß an.«

Lena war eingeschnappt.

»Mein Gott, sag doch einfach, wenn du in Ruhe gelassen werden willst, Schwachkopf.«

Sie stand auf und wollte gehen – aber das passte Cem anscheinend auch nicht:

»Sie wurde erschossen, du Nervensäge«, sagte er deshalb und versuchte, dabei cool und gleichgültig zu wirken. Obwohl er wusste, dass er Lena soeben eine Tür geöffnet hatte, die sich nur schwer wieder würde schließen lassen.

Lena schaute ihn erschrocken an:

»Was? Wer? Hier?«

»Meine Mutter«, fuhr Cem fort. »Wir waren am See. Als ich noch ganz klein war. Dann kam so ein Lieferwagen, so Leute von der Mafia, von denen mein Vater gerade einen verhaftet hatte. Übrigens keine Ahnung, wie er das hingekriegt hatte. Und dann haben sie sie einfach umgemäht.«

Cem stockte, hörte aber nicht auf zu sprechen. Er sprach so bewegt, wie Lena ihn noch nie erlebt hatte.

»Ich habe die Schüsse gehört, bin ans Wasser gelaufen und dann lag sie da. Überall war Blut und so, überall kam Blut raus. Und dann hat sie meine Hand gehalten und hat gesagt, dass ich die Schule machen soll.«

Er zögerte einen Moment, weil er merkte, dass er diesen Wunsch seiner sterbenden Mutter nicht richtig erfüllt hatte. Lena legte ihre Hand vorsichtig auf seine. Cem zog sie sofort weg, bevor es auch nur annähernd romantisch werden konnte.

»Na ja, egal, und dann war sie jedenfalls tot.«

Lena schaute ihn erschrocken an.

»Mein Vater ist total ausgeflippt«, erzählte er weiter. »Wir haben alle einen neuen Pass bekommen und einen neuen Namen. Seitdem darf man den Namen ›Kadir-Clan‹ echt nicht mehr laut sagen. Sonst sind wir sofort im nächsten Zeugenschutzprogramm.«

»Ihr wart im Zeugenschutzprogramm?«

Cem nickte.

»Ich heiß eigentlich Mustafa, also so gesehen hat die Sache auch was Gutes.«

Lena lächelte ermutigend.

»Seitdem wir hier sind, träume ich oft von meiner Mutter.«

Lenas Psychologen-Gene waren längst aktiviert:

»Es ist gut, wenn du träumst. Du verarbeitest dein Trauma.«

»Ich habe kein Trauma«, maulte Cem und knuffte Lena an die Schulter.

Stark genug, dass sie abrutschte und vornüber ins Wasser fiel. Cem erschrak, als sie bäuchlings und mit dem Kopf unter Wasser trieb. Verdammt, dachte er, die ist ohnmächtig, und sprang hinterher. Als er sie erreicht hatte, drehte sich Lena um und lachte. Dann spritzte sie ihm Wasser ins Gesicht und zog an seinem Bein, bis er auch umkippte. Sie balgten sich, berührten einander leicht und stärker, absichtlich und versehentlich, und standen sich plötzlich in Kussdistanz gegenüber.

In diesem Moment sah Cem über Lenas Schulter hinweg etwas im offenen Meer treiben.

»Scheiße, ist das der Rucksack?«, rief er erschrocken.

Lena drehte sich um und nickte.

Cem hatte ihn am Wasser stehen gelassen und die Flut hatte ihn aufs Meer gerissen.

»Der Peilsender!«, rief Cem. »Scheiße, ich kotze, Mann, verfickte Fickerei.«

»Cem, Tourette ist keine Lösung.«

»Hol ihn raus«, schnauzte er Lena an.

»Ich? Du hast ihn doch so nah am Wasser stehen lassen!«

»Ja, aber du hast nicht besser aufgepasst«, entgegnete Cem.

Lena verzog beleidigt das Gesicht und lief los. Nach ein paar Schritten trat sie auf einen giftig bunten Seeigel.

»Autsch, ich bin in irgendwas reingetreten!«, rief sie mit schmerzverzerrtem Gesicht Richtung Cem. Das Wasser färbte sich rötlich.

»Dann schwimm doch einfach«, entgegnete Cem ungerührt. »Beeil dich, der Rucksack ist gleich weg. Beeil dich, Mädchen, hopp, schneller.«

Er wurde ungeduldig und klatschte rhythmisch in die Hände.

Weinerlich zuckelte Lena im Oma-Schwimmstil los. So war das also mit diesen Türken, dachte sie sich. Statt selbst was zu erledigen, schickten sie lieber die Frauen los.

Was Lena nicht bemerkte – Cem schien ab einer gewissen Wassertiefe Panik in den Augen zu haben.

Plötzlich schrie Cem hinter ihr auf:

»Fuck, da ist ein Hai!«

»Was? Wo?«

Sie versuchte panisch, in alle Richtungen gleichzeitig zu gucken und ruderte wild mit Armen und Beinen, um sich über Wasser zu halten.

»Mann, verarsch mich nicht!«

»Ich verarsch dich nicht. Hinter dir!«, schrie Cem und deutete mit dem Arm auf einen Punkt hinter Lena. Sie drehte sich um – und tatsächlich. Da war eine Haiflosse, die sich auf sie zubewegte. Lieber Gott, dachte Lena, das ist ja wie in einem schlechten Film. Diese Flosse hatte sie immer für eine Hollywooderfindung gehalten oder für den Scherz eines albernen Tauchers. Aber das hier war ein Hai, ein richtiger aus Fleisch und Knorpel.

»WOOOOOOAAAAAAHHHH!!!«, schrie sie auf.

Und dann paddelte sie um ihr Leben. Erstaunlich, wie gut und schnell man schwimmen kann, wenn es mal *wirklich* um etwas geht, fuhr es Lena durch den Kopf, während das Ufer langsam näher kam. Wie auch der Hai.

Cem beobachtete ihre Bemühungen vom seichten Wasser aus. Sie brauchte Hilfe. Er versuchte es mit wildem Plantschen und Rudern, um die Bestie zu sich zu locken.

»Komm hierher! Komm Hai! Komm zu Papa!«

Und tatsächlich, der Hai änderte die Richtung und kam direkt auf ihn zu. Er hatte keine Uhr, aber es sah doch alles verdammt nach einem High-Noon-Duell aus.

Er atmete tief durch, nahm sein Messer aus dem Halfter am Bein, klemmte es zwischen die Zähne und tauchte todesmutig unter.

Inzwischen hatte Lena panisch das Ufer erreicht und stolperte humpelnd an Land.

»Cem!«, rief sie.

Das Wasser war ruhig und flach. Keine Spur vom Hai. Keine Spur von Cem. Ihr schossen gerade die ersten Tränen in die Augen, als er aus einer rollenden Welle auftauchte. Lena starrte ihn an. Er war tot. Also nicht Cem, sondern der Hai, den er in den Armen trug. Sein Messer steckte im Herzen der Bestie.

Moment, dachte sich Lena. Bestie? Nicht wirklich. Der Hai war höchstens achtzig Zentimeter lang. In sein Maul hätte bestenfalls eine Orange gepasst. Und: Hatte er überhaupt schon Zähne?

»Äh, hast du den eben umgebracht?«, fragte sie.

»Schon okay, lass uns keine große Sache draus machen.«

»Das dürfte einfach werden. Er ist nämlich recht klein. Ist der überhaupt gefährlich?«

»Ey, du hast geschrien«, rechtfertigte sich Cem.

Lena musterte das tote Tier schuldbewusst.

»Ja, da wusste ich aber noch nicht, dass er so niedlich ist.«

»Niedlich? Ey, das ist ein Hai, das ist das Monster der Tiefe.«

Cem war fassungslos. Er starrte Lena an. Und dann Yagmur, die aus dem Dschungel auf sie zukam, mit einer Staude grüner Bananen auf den Schultern. Sie blickte amüsiert auf das Monster.

»Oh, wie süß, ein Baby-Hai!«

Cem blickte verstört von Yagmur zu Lena. Hier wurde offenbar eine Heldentat unter den Teppich gekehrt.

»Kannst du nicht einfach mal ›Danke‹ sagen?«, herrschte er Lena an.

»Danke«, sagte Lena ironisch, »dass du erst zugestochen und dann nachgedacht hast, ob wir als Menschen eine Verantwortung gegenüber einem Lebewesen haben, das durch Medien und Hollywoodpropaganda zu einem Feindbild aufgebauscht wurde!«

Cem war entsetzt.

»Alter, du bist so 'ne Öko-Hexe!«, schrie er Lena an.

Yagmur blickte erstaunt von Lena zu Cem und von Cem zu Lena.

»Und du bist ein ungehobelter Grobian. Ich hab dich einfach nur gefragt, ob er gefährlich ist, und du flippst gleich wieder aus.«

»Woher soll ich wissen, ob der gefährlich ist?«, brüllte Cem und seine Stimme überschlug sich fast. »Habe ich Meeresbiologie studiert, oder was?«

Lena blickte ihn trocken an.

»Ja, Cem, studieren sehe ich jetzt nicht so bei dir.«

Yagmur kicherte. Cem sah Lena an, dann Yagmur, dann wieder Lena.

Das hatte ihn getroffen.

»Ja und?«, sagte er verächtlich. »Kakerlaken haben auch nicht studiert. Aber am Ende überleben sie alles. So wie ich. Wenn mein Vater in zwanzig Jahren endlich hier auftaucht, dann werde ich hier sitzen und winken.«

Cem war jetzt auf hundertachtzig.

»Und hinter mir: eure Gräber!«

Damit stapfte er wutentbrannt davon.

Okay, dachte Lena, mit Kritik kann er nicht so gut umgehen. Sie sah Yagmur an. Die strahlte:

»Das wird ein Festmahl«, sagte sie mit Blick auf den Hai, »dazu machen wir eine schöne Krabbensauce. Los, macht das Feuer an!«

25

Lena beschloss, Cem in Ruhe grummeln zu lassen und Yagmur beim Krabbenfang zu helfen. Die hatte sich aus einer langen Holzstange einen Speer geschnitzt, der sich hervorragend dafür eignete. Yagmur kletterte über die Felsen zu der Stelle, wo sich besonders viele Krabben im Meer tummelten. Lena folgte ihr mit etwas Abstand, sie hatte es mit ihrer Fußverletzung durch den Seeigel etwas schwerer. Außerdem war sie als Vegetarierin grundsätzlich nicht dafür, Tiere umzubringen.

»Ich mag, dass du so gemein bist zu Cem. Ich traue mich das nämlich nie.«

Yagmur zielte auf ein paar Krabben unter der Wasseroberfläche.

»Er ist ein Vollidiot und du darfst dir nicht immer alles gefallen lassen, Yagmur.«

»Aber ich glaube, er wollte dich wirklich retten.«

»Der will nur sein Revier markieren«, entgegnete Lena, »aber weißt du, langsam stinkt echt die ganze Insel einfach nur nach Pisse.«

»Glaube ich nicht«, sagte Yagmur nachdenklich, während sie im Wasser watete und die erste Krabbe verfehlte.

Lena hatte sich oben auf einen Felsen gesetzt, ihr Fuß schmerzte und sie wollte ihn nicht noch mit Salzwasser quälen.

»Er kann gar nicht schwimmen und ist trotzdem so weit rausgegangen«, fuhr Yagmur fort, ohne den Blick vom Wasser zu wenden.

Lena war verblüfft.

»Wie meinst du das?«

»Meine Mutter ist ermordet worden. Und Cem war dabei.«

»Ich weiß«, sagte Lena, »am See …«

»Er wollte sie aus dem Wasser ziehen«, erzählte Yagmur, »und sie hat seine Hand gehalten, aber er war noch ganz klein. Und dann hat sich ihre Hand verkrampft und sie hat ihn unter Wasser gezogen. Ganz lange. Als sie ihn rausgeholt haben, war er total blau. Und seitdem hat er panische Angst vor Wasser.«

Yagmur ließ den Speer energisch nach unten sausen und spießte eine Krabbe auf.

Lena war schockiert. Einmal wegen der Krabbe, die auf Yagmurs Speer zappelte. Und außerdem wegen Cem. Wenn das so war, hatte er tatsächlich Enormes geleistet, um ihr zu helfen. Sie schluckte.

Yagmur konzentrierte sich auf ihren Fang und hielt stolz den Speer mit der zappelnden Krabbe nach oben. Dann verzog sie angewidert das Gesicht.

»Krabben sind hässliche Tiere«, sagte sie, »wollen wir nicht schönere fangen und essen?«

Als keine Antwort kam, sah Yagmur hoch. Lena humpelte am Strand entlang, Richtung Cem. Der hockte am Rand des Dschungels und versuchte aus drei Stämmen sowie einem Haufen Ästen und Lianen ein Floß zu bauen. Es sah allerdings eher aus wie ein Scheiterhaufen. Niemals würde das funktionieren.

Lena stellte sich hinter ihn und sprach ihn an.

»Cem?«

»Lass mich in Ruhe!«

»Ich würde mich gern ent…«, Lena stockte und röchelte.

»Red deutlich«, maulte Cem.

Er drehte sich um und erschrak. Lenas Zunge war ein rötlicher Klumpen und ragte zwischen ihren Lippen hervor. Sie musste auf die drei- bis vierfache Größe angeschwollen sein. Und das, was eigentlich eine Art Entschuldigung sein sollte, war lediglich ein hustendes Röcheln.

»Alter!«, stieß er aus.

Gemeinsam mit Costa und Yagmur trug Cem Lena in den Schatten der Flussmündung. Sie hustete stark und schien kaum noch Luft zu bekommen. Als sie Lena auf einem olivgrünen Schlafsack abgelegt hatten, betrachteten die drei sie mitleidig.

»Sehe ich sehr schlimm aus?«, brachte Lena röchelnd hervor. Zu dem Klumpen in ihrem Mund hatte sie jetzt auch noch stark gerötete Wangen, dazu Pickel und glühende Schwellungen im ganzen Gesicht. Sie sah aus wie ein Elefantenmensch.

»N…nein. G…gar nicht«, log Costa.

Cem fiel immerhin ein passender Vergleich ein.

»Kennst du ›The Hills Have Eyes‹?«, rief er erfreut.

»Danke für die Ehrlichkeit«, stöhnte Lena.

Den Horrorfilm kannte sie zwar, aber immer wenn die atomar verstrahlten Zombies, auf die Cem offenbar anspielte, im Bild erschienen waren, hatte sie sich angeekelt weggedreht. Sie sahen einfach zu grässlich aus.

»Hattest du das schon mal?«, fragte Cem weiter.

Mittlerweile hatte sie den ganzen Mund voller Zunge und konnte kaum noch Wörter an dem Klumpen vorbeipressen:

»Na klr, ch hab ds jdn Urlaub«, murmelte sie genervt. »Natürlch nicht! Ich bin vorhin in irgendwas Giftiges reingetrtn.«

Alle schauten sie besorgt an.

»Ich h…hab gelesen, was jetzt passiert«, stotterte Costa los. »Erst wird ihr sch…schwarz vor Augen und d…dann bleibt ihr H…Herz stehen.«

»Wir müssen das Bein amputieren, bevor das Gift sich ausbreitet«, sagte Yagmur entschlossen und riss sich einen Fetzen Stoff von ihrem Rock, offenbar entschlossen, Lena das Bein abzubinden, um die Amputation professionell vorzubereiten.

»Was soll sich da noch ausbreiten?«, raunzte Cem seine Schwester an. »Die sieht jetzt schon aus wie Tine Wittler auf Cortison. Mann, die braucht ein Dings, ein Allergiemittel.«

Er stemmte die Arme in die Hüften und dachte nach. Dann wandte er sich an Yagmur und Costa:

»Okay, gebt mir alle Wertsachen, die ihr habt«, sagte er bestimmt.

»Cem, was hast du vor«, fragte Yagmur besorgt.

»Ich gehe zu den Verrückten!«

»Z…z…zu den Kannibalen?«

Costas Stimme zitterte noch mehr als üblich.

»Sonst platzt ihr Gesicht, Mann«, fauchte Cem ihn an,

während er die Handys, Perlenketten und ein wenig Münzgeld einsammelte.

»Das ist zu gefährlich!«, rief Yagmur flehend.

Cem blickte hinunter zu Lena.

»Ich hab ihr jetzt so oft den Arsch gerettet, das war nicht alles umsonst.«

Er nahm sie so behutsam wie möglich hoch und legte sie über die Schulter. Lena stöhnte erbärmlich.

»Und was ist mit uns?«, wimmerte Yagmur ihrem großen Bruder hinterher.

Cem drehte sich um.

»Ihr wartet hier! Irgendwer muss überleben und den Kindern da draußen von diesem Abenteuer erzählen.«

Dann drehte er sich entschlossen Richtung Dschungel und schlug Lenas Kopf gegen einen Baumstamm.

»Sorry. Alles okay?«

Lena seufzte:

»Ja, ja. Auf eine Beule mehr oder wniger kommt's jtzt auch ncht mehr an.«

26

Als Doris am frühen Nachmittag aufwachte, lag sie angezogen in der Badewanne ihres Zimmers. Sie war nicht allein. In ihrem Nacken saß ein übler Kater. Sie hatte sich saftigst abgeschossen. Nicht, dass sie sich daran erinnern konnte – aber sie konnte die Spuren lesen und die führten in Form diverser leerer Flaschen bis zum Quell des gestrigen Übels: der ausgeräumten und offen stehenden Minibar.

Doris war entsetzt. Ein offener Kühlschrank? Was das an Energie verschwendete. Matt trat sie das Türchen zu. Zumindest ökologisch war jetzt alles wieder im grünen Bereich. Ästhetisch hatte der Abend leider größere Schäden hinterlassen, wie ein Blick in den Badezimmerspiegel bewies. Eine alte Frau mit verwischtem Make-up blickte ihr entgegen.

Sie schluckte. Normalerweise würde sie sich jetzt nachschminken, würde Falten verspachteln, neue Wimpern kleben, einen jugendlichen Lippenstift wählen, bis ihr eine neue Fassade aus Kosmetika zehn Jahre geschenkt haben würde.

Doch heute griff sie nur nach den Abschminktüchern.

Und wischte auch immer wieder Tränen weg. Als sie fertig war, schaute ihr eine andere Frau entgegen. Sie war über Nacht zwanzig Jahre gealtert: Sie war jetzt vierundvierzig.

»Ist doch nicht schlimm«, sagte sie zu ihrem Spiegelbild. Und hatte die Hoffnung, dass da draußen jemand auf sie wartete, der sie genau so alt zu schätzen wusste, wie sie wirklich war. Sie hatte seinen Namen vergessen. Irgendwas mit »Ö«. Öz… Richtig, Öztürk.

Doris war noch nie ein Freund der Entschuldigung gewesen. Sie fand es peinlich, Fehler einzugestehen oder gar verspätet Einsicht zu zeigen. In der Jazzbar am Strand sah sie Metin in einem der gepolsterten Rattansessel sitzen. Er versuchte trotz des jaulenden »Gesangs« einiger ältlicher Damen auf der Oldie-Karaoke-Bühne in seinem Buch zu lesen. »Forensik« stand auf dem Titel.

Doris nahm all ihren Mut zusammen, lief zum DJ, sprach kurz mit ihm und schob ihm einen Schein rüber. Sie durfte als nächste Interpretin ran.

»I used to think …«, begann Doris zu singen.

Metin sah überrascht von seinem Buch auf, als er die Stimme erkannte.

»… I had the answers to everything. But now I know, life doesn't always go my way, yeah«, sang Doris weiter und ging von der Bühne runter, Schritt für Schritt auf Metin zu.

»I'm not a girl, not yet a woman, all I need is time, a moment that is mine …«

Metin lachte, als sie bei ihm ankam.

Doris war erleichtert. Sie war zwar heute offiziell vierundvierzig – aber Britney Spears zu zitieren schien dennoch perfekt zu sein. Metin verstand die Botschaft. Ihre Entschuldigung.

Sie legte das Mikrofon auf den Tisch vor ihm und sah ihn an.

»Mein Name ist Doris, ich bin vierundvierzig Jahre alt und ich bestelle mir jetzt ein Glas *alten* Sherry. Kommen Sie mit?«

Sie streckte Metin die linke Hand hin und er ergriff sie. Hand in Hand gingen sie hinüber zur Bar.

Am Tresen tranken sie tatsächlich alten Sherry und fingen an zu reden. Über die Kinder, die Schwierigkeiten der Pubertät, ihre eigene Generation, ihre Arbeit, ihre Geschichte und die vielen Wunden, die das Leben schon hinterlassen hatte, und wie man sie am besten pflegt. Eben über all das, worüber man mit Mittzwanzigern nicht sprechen kann.

Stunden vergingen. Und Doris wurde zu ihrem großen Erstaunen nicht mal langweilig.

Nach einem ausgiebigen Spaziergang stand man sich verlegen in der Lobby gegenüber.

»Danke für den …«, sagte Doris leise.

»Ja, ich fand's …«, antwortete Metin.

»Wir haben uns richtig unterhalten!«

»Und Sie sind gar nicht betrunken«, stellte Metin fest.

Doris grinste.

»Wieso waren Sie eigentlich so hartnäckig?«

»Ich hatte gehofft, dass ich mir mit Ihnen noch ein bisschen Urlaubsgeld dazuverdienen kann«, sagte Metin.

Doris lachte und knuffte ihn an die Schulter.

»Im Ernst jetzt!«

»Glauben Sie, dass Sie nach dem ersten Gespräch gleich

Komplimente bekommen? Die muss man sich erarbeiten«, erklärte Metin. »Aber um es zusammenzufassen: Mir ist es egal, ob ich zwei oder drei Kinder habe.«

Doris dachte kurz nach. Sollte das ein Kompliment sein?

Metin entschied sich ebenfalls, den bescheuerten Spruch schnell vergessen zu machen.

»Ich würde Sie gern wiedersehen, Frau Schneider.«

»Ich Sie auch, Herr Öztürk«, sagte Doris und lachte nicht ganz ohne zweideutigen Unterton. »Na ja, wir wohnen ja im selben Hotel.«

Jetzt lachte auch Metin. Wollte sie ihn jetzt etwa aufreißen?

»Gute Nacht«, stammelte er etwas verklemmt.

»Es ist noch hell«, korrigierte Doris amüsiert.

»Richtig! Automatismen meiner unzähligen Dates.«

Doris lächelte, ging einen Schritt auf Metin zu, der ängstlich einen halben Schritt zurückwich. Doris schloss die Augen. Erwartungsvoll. Metin hatte keine Ahnung, was er tun sollte. Erinnerungen an verpatzte Dates kamen in ihm hoch. Dennoch fasste er all seinen Mut zusammen – und küsste sie.

Auf die Stirn.

Dann drehte er sich um und ging schnell weg.

Doris öffnete die Augen. Metin Öztürk war flirttechnisch ein absoluter Versager.

27

Cem fand den Weg zum Eingeborenendorf problemlos wieder, immer dem Trampelpfad und den Trommeln nach. Lena wimmerte immer kläglicher vor sich hin. Ihr war übel. Ihre Kehle war geschwollen, ihre Haut brannte. Cem keuchte vor Erschöpfung. Nachdem sie etwa eine halbe Stunde schweigend durch den Urwald gegangen waren, fing Lena plötzlich an zu sprechen, undeutlich, aber sie gab sich Mühe.

»Cem, bevor ich sterbe, würde ich mich noch gerne entschuldigen.«

»Schnauze, du stirbst nicht.«

»Es war sehr tapfer von dir, dass du gegen den kleinen Hai kämpfen wolltest. Ich schätze, ich habe einfach meine Probleme damit, wenn ich Hilfe brauche. Weißt du? Diese ganze klassische Rollenverteilung ist so ein rotes Tuch für mich. Ich würde eher sterben als zuzugeben, dass ich nicht alleine klarkomme.«

Die Worte zischten an ihrer geschwollenen Zunge vorbei über ihre rot glühenden Lippen.

»Wir kommen hier alle lebendig wieder weg, das schwöre ich dir. Das versaue ich nicht!«

Den letzten Satz flüsterte er fast, er war auch gar nicht für Lena bestimmt, die immer noch kraftlos auf seinem Rücken baumelte.

»Das hier versaue ich nicht«, wiederholte Cem entschlossen, es klang wie eine Kampfansage. Er wollte endlich mal was hinkriegen. Etwas Sinnvolles. Etwas, wofür man ihm später danken würde. Und insgeheim auch etwas, was seinen Vater stolz machen würde.

»Cem, ich bin noch am Leben, und das habe ich dir zu verdanken. Du bist ganz anders, als ich dachte. Du bist verantwortungsvoll und mutig und … sexy.«

Cem blieb abrupt stehen und schleuderte Lena beherzt von seiner Schulter vor seine Brust.

Wie ein kleines Baby lag sie in seinen starken Armen.

»Baggerst du mich gerade an?«

»Äh, nein«, log Lena, die jetzt aussah, als hätte sie ein Botoxmassaker knapp überlebt. Lippen wie Chiara Ohoven, nur ungleichmäßiger, dazu wulstige Schwellungen an den Wangen, den Augenbrauen, all das garniert mit immer mehr Pusteln und Pickeln und natürlich der monströsen Zunge.

»Gut«, sagte Cem zufrieden, »weil deine Augen gerade größer sind als deine Titten.«

»Haha«, sie versuchte, ironisch zu lachen, keuchte kurz auf, dann wurde sie ohnmächtig.

Cem sah sich aufgeregt um. Wo war denn dieses verdammte Kannibalendorf? Womöglich hatte er nur noch Minuten. Wenn überhaupt. Verdammt, dieses Mädchen war ihm doch wirklich ans Herz gewachsen. Er machte sich ernsthaft Sorgen um ihr Leben.

Nach weiteren fünfzehn Minuten, die ihm vorkamen wie Stunden, sah Cem das Dorf endlich zwischen den Bäumen und dem Strauchwerk durchschimmern. Geschafft! Aber sein Herz raste, und das nicht allein wegen der körperlichen Anstrengung. Er hatte Angst.

Er atmete noch einmal tief durch und lief auf den Platz in der Mitte der Hütten. Der schwarze Krieger, der ihn mit den Pfeilen beschossen hat, saß vor einer Hütte auf einem Baumstamm und schnitzte an einem Pfeil herum. Als er Cem bemerkte, ging er sofort in Angriffshaltung und sah ihn böse an.

»Ey, äh«, Cem hatte keine Ahnung, was diese Schwachmaten für eine Sprache hatten.

»Uga, Uga«, rief er versöhnlich, »wir brauchen Hilfe!«

Der Krieger sah ihn weiter dunkel an, aber jetzt entdeckte Cem, dass da noch eine weitere Person war, die er anfangs gar nicht gesehen hatte. Es war die blonde Frau, die doch vor ihrer aller Augen von diesem dicken Kannibalen abgeschlachtet worden war.

»Fuck, Sie … Sie … sind doch tot«, stammelte er.

»Entschuldige mal«, sagte die weiße Frau, »so alt bin ich nun auch nicht.«

Cem war so perplex, dass er Lena fast fallen ließ. Der Krieger, der im direkten Vergleich mit der Mittvierzigerin jugendlich wirkte, baute sich düster auf.

»Ihr schon wieder«, sagte er.

»Wer ist das denn?«, fragte ihn die weiße Frau.

»Das sind die Leute, die mir den iPod schenken wollten.«

»Sie, äh, Sie sprechen Deutsch?«, fragte Cem.

Er war nun vollends verstört.

»Ja, natürlich spreche ich Deutsch, ich komme aus

Darmstadt«, sagte die weiße Frau, ohne aus der Ruhe zu geraten. Und drückte dem jugendlichen Stammesmitglied einen Wäschekorb in die Hand, mit dem sie gerade auf eine Wäschespinne aus Bambus zusteuern wollte.

»Aber wir haben doch gesehen, wie der Neger Sie ermorden wollte!«, rief Cem hektisch und atemlos.

Er verstand das alles nicht. Was war hier los? Wer waren diese Leute?

»Was? Ach so. Nee. Mein Mann hat mir nur Ohrlöcher gestochen. Da stelle ich mich immer ein bisschen an.«

Sie kicherte mädchenhaft, dann wandte sie sich, ohne sich um Cems weitere Reaktionen zu kümmern, an den Krieger:

»Bongo, häng jetzt bitte die Wäsche auf. Ich hab nicht neun Jahre lang studiert, um euch alles hinterherzutragen. Deine Penisbändchen fliegen auch schon wieder überall rum.«

Dann drehte sie sich wieder zu Cem, der sie weiter fasziniert anstarrte.

»Was ist denn passiert?«, fragte die blonde Frau. Sie setzte eine Brille auf und schaute Lena genauer an, die immer noch über Cems Schulter hing.

»Ach, ich sehe schon. Seeigel. Bring sie mal rein«, sagte sie und zeigte auf die Hütte.

Cem betrat die schummerige Hütte und legte Lena auf das Bett, das unter dem Fenster stand. Sie war inzwischen wieder zu sich gekommen und hustete jämmerlich. Cem sah sich kurz in der Hütte um, die mit vielen bunten Teppichen und Kissen eingerichtet war. An der Wand hing sogar ein Bilderrahmen. Darin sah Cem eine Titelseite der Zeitschrift »Emma«. Darauf abgebildet: die weiße Frau. Betitelt mit der Zeile: »Ein Herz für Wilde – Uschi Knaack erforscht Urvölker.«

Cem verstand langsam. Uschi aus Darmstadt also. Nicht tot. Und offenbar in einer Art multikulturellen Ehe.

Uschi öffnete den Erste-Hilfe-Kasten und entnahm ihm eine kleine Ampulle und eine große Spritze. Vorsichtig hielt sie die Ampulle ins Licht, stach mit der langen Nadel hinein und zog das Serum in die Spritze. Währenddessen begann sie zu reden:

»Ihr dürft das Bongo nicht übel nehmen.«

Bongo war ihr Stiefsohn, wie Cem jetzt herausfand.

»Manchmal verirren sich Touristen hierher und er und sein Vater erschrecken die dann ganz gern mal, damit die unser kleines Paradies nicht vollmüllen und überall hinmachen und Kondome rumliegen lassen.«

Als das Serum in der Spritze war, drehte sie sich zu Lena, die in diesem Moment ihre Augen öffnete.

Eine blonde Frau kam mit einer riesigen versifften Spritze auf sie zu. Und sie lag nicht in einem Krankenhaus. Niemand hatte einen weißen Kittel an. Gummihandschuhe waren auch nicht zu erkennen. Und eine Verpackung, aus der die Nadel kam, konnte sie auch nicht ausmachen – die Spritze sah so aus, als hätte Christiane F. sie schon benutzt. Aber was sollte sie tun? Weglaufen konnte sie nicht, sie hatte keine Kraft.

Uschi setzte sich auf den Rand der Liege und stach Lena schwungvoll, aber fachmännisch in die linke Armbeuge. Lena winselte, Cem sah angeekelt weg.

»So, jetzt kriegst du gleich wieder Luft«, sagte Uschi freundlich.

28

Lena entspannte sich merklich, legte den Kopf auf das Kissen, schlief in Sekundenschnelle ein und begann zu schnarchen.

Uschi gab Cem mit einem Kopfnicken zu verstehen, dass Lena jetzt Ruhe brauchte. Er ging mit ihr nach draußen, wo sie sich auf Baumstümpfe setzten, die um einen massiven Holztisch formiert waren. Eine komfortable Urwald-Sitzgruppe.

Cem sah sich interessiert um. Die Hütten waren kreisförmig um den Platz in der Mitte gruppiert, an dessen Rand ein großer Kessel über dem Feuer dampfte. Ziegen und Hühner liefen frei umher und nun sah er auch Bongo wieder. Er war dabei, Uschis Unterwäsche aufzuhängen.

Die Frau aus Darmstadt warf derweil Kräuter und Blüten und etwas, was aussah wie Fett oder Schmalz, in einen Mörser, dazu noch eine grüne und eine rote Paste, dann begann sie, das Ganze liebevoll zu verrühren. Cem fasste sich ein Herz und begann ein Gespräch.

»Also … sind Sie gar keine Kannibalen?«

»Doch, doch«, sagte Uschi, ohne das Rühren zu unterbrechen, »mein Mann Tongo war einer. Aber ich hab es ihm abgewöhnt. Man muss aber sagen, dass sie sehr selten Menschenfleisch gegessen haben. Früher wohl mehr, als hier noch andere Stämme gelebt haben. Oder natürlich die Alten und Schwachen. Aber ansonsten sind das recht friedliche Menschen. Ich wollte die ja eigentlich nur ein paar Monate erforschen, aber dann hab ich Tongo kennengelernt«, sie seufzte verliebt, »das Bärchen.«

Das schien sein Stichwort zu sein, denn in diesem Moment kam Tongo um die Ecke. Aus der Nähe wirkte der breite Dunkelhäutige noch größer und mächtiger als in der Nacht des vermeintlichen Mordes. Im Gesicht war er mit roten und gelben Zeichen bemalt, um den Hals trug er eine Kette aus Leder und Knochen. In seinem Gefolge hatte er zwei gut bewaffnete Jäger, auf den Schultern trug er ein ausgewachsenes totes Wildschwein.

»Uschi«, brummte der Häuptling, »Hunger!«

»O nee, nicht schon wieder Schwein«, stöhnte Uschi leise.

Dann sah Tongo auf Cem und grummelte verächtlich:

»Touristen?«

»Bärchen«, säuselte Uschi, »die süße kleine Maus hier und seine Freundin sind gestrandet. Sie liegt völlig flach in der Hütte und beide sind ganz ausgehungert.«

Tongo schaute Cem streng an, Sekunden vergingen, die Cem wie Stunden vorkamen. Uschi war ja ganz nett, aber der hier war ein anderes Kaliber und auch ein Exkannibale, fand Cem, war doch irgendwie ein Kannibale. Dann durchschnitt der brummige Bass des Häuptlings die Stille.

»Ihr essen. Dann gehen«, befahl er.

Cem nickte eifrig.

Die drei Jäger verließen den Platz und verschwanden

mit dem Wildschwein hinter die Hütte. Uschi stampfte weiter in ihrem Mörser herum.

»Es dauert immer ein bisschen, bis er warm wird«, sagte sie zu Cem und zwinkerte ihm zu. Dann stellte sie den tönernen Mörser vor ihn.

»So, damit kannst du ihr das Gesicht einreiben, dann lässt die Schwellung schnell nach.«

»Was ist denn das?«, fragte er nach einem Blick auf die schmierige grüngelbe Masse im Gefäß.

»Das möchtest du lieber nicht wissen«, sagte Uschi bestimmt.

Cem trat in die verdunkelte Hütte, in der Lena noch immer döste. Vorsichtig setzte er sich auf die Kante des Bettes und weckte sie behutsam. Er berichtete ihr von dem, was Uschi ihm erzählt hatte, von seiner Begegnung mit Tongo und zeigte ihr dann die frisch angerührte Salbe. Lena nickte schwach und Cem begann das klumpige Zeug auf ihren Wangen und der Stirn zu verteilen. Lena genoss die Kühle und die Linderung für ihr glühendes Gesicht – und auch das sanfte Einreiben. Cem fing plötzlich an zu lachen. Lena sah ihn fragend an.

»'tschuldigung, du siehst so witzig aus«, sagte Cem.

Lena überlegte, ob sie beleidigt sein sollte, und musste dann auch über die Situation lachen.

Dann schwiegen beide verlegen und blickten einander an. Lena genoss den Moment, in dem sie sich einmal nicht beleidigten. Das war Cem dann irgendwann doch zu intim. Hastig riss er sich aus der fast romantischen Situation und trat aus der Hütte.

»Frau Uschi«, fragte er zögerlich, als er wieder auf dem Dorfplatz stand, »haben Sie vielleicht ein Funkgerät? Wir müssten unsere Eltern anrufen.«

»Oh nein, wir haben leider kein Funkgerät«, sagte Uschi mit traurigem Gesicht und stemmte die Hände in die Hüften.

»Kein Funkgerät?«

Cem verzog enttäuscht das Gesicht.

»Aber nimm doch das Telefon«, sagte die weiße Urwaldbewohnerin und zog ein altertümliches Telefon mit ausziehbarer Antenne aus ihrer Hüfttasche.

»Musst eine Null vorwählen«, erklärte sie beiläufig.

Cem schaute sie mit offenem Mund an, dann löste er sich aus seiner Kurzzeitstarre und griff sich das Gerät.

Sie waren gerettet!

29

Im Tropicana-Andaman-Ressort hatte sich Doris in ihrem Zimmer verkrochen. Waren schon reichlich seltsam gewesen, die vergangenen vierundzwanzig Stunden. Erst dieser moralische Einlauf letzte Nacht, dann der Alkoholexzess, danach der schöne Nachmittag mit diesem Beamten Öztürk und zum Schluss ein Abschiedskuss auf die Stirn. Wie leidenschaftslos war das denn?

Doris duschte ausgiebig, das tat gut, genauso wie die giftgrüne Algenmaske, die sie sich kunstvoll auf Stirn und Wangen auftrug.

Dann beschloss sie, ihre Schwester anzurufen, und wählte auf dem Hotelcomputer das Symbol für Internettelefonie. Sie entschied, die Ereignisse der Nacht erst einmal auszulassen, und berichtete ihrer Schwester ausführlich vom Verlauf des Dates. Ihrer sensationellen Britney-Spears-Nummer, dem Sherry, Metins Witze und: dem sonderbaren Abschiedskuss.

»Auf die Stirn?«, fragte Diana ungläubig, während sie sich die Fußnägel lackierte.

»Ja! Ein Rentnerkuss«, sagte Doris, immer noch ratlos.

»Ooooh, hättest du mehr gewollt, hm?«

»Didi, hör auf, das ist nicht witzig. Ich date einen türkischen Beamten, das ist imagetechnisch ein Albtraum. Wenn ich das den Mädels vom Orgasmuskurs erzähle, dann bin ich unten durch.«

»Dodo, ganz im Ernst«, meinte Diana sachlich, »in deinem Alter kommt es nicht mehr auf das Image an.«

»Das sagst du nur, weil du Lehrerin bist und dein Image sowieso im Arsch ist.«

Doris gab sich empört, aber Diana kicherte nur albern.

»Gib's zu! Du bist verknallt.«

»Ich habe zumindest was anderes erwartet«, sagte Doris sachlich. »Ein Südländer! Der steht doch für knisternde Leidenschaft, Samba oder was weiß ich, was die Türken tanzen.«

Jemand klopfte zaghaft gegen die Scheibe der Zimmertür.

»Oh, warte mal kurz, meine Muscheln«, jubelte Doris in die Computercam.

»Hier ist alles so billig – ich bin total zimmerservice-addicted.«

Sie setzte ihr Headset ab und ging zur Tür, den Laptop ließ sie offen.

Diana konzentrierte sich auf ihre Fußnägel. Aber nicht lange. Denn es war nicht der Zimmerservice: Vor der Tür stand Metin. Er trat sofort ins Zimmer. So forsch, dass Doris intuitiv drei Schritte zurückmachte. Aber Metin stellte sich direkt vor sie.

»Herr Öztürk«, sagte Doris erstaunt.

»Metin!«, verbesserte Metin.

Er hatte sich offenbar ebenfalls Gedanken über seinen Stirnkuss gemacht.

Im selben Augenblick und ohne dass Doris eine Chance zur Flucht oder zum Widerstand gehabt hätte, umarmte er sie und küsste sie auf den Mund. Wild, verwegen, unrasiert und leidenschaftlich. Er schob sie hinüber zum Bett, warf sie auf die Matratze und stürzte sich hinterher.

»Ich habe meine Algenmaske auf«, informierte ihn Doris nicht ganz unwillig.

»Ach, das ist mir scheißegal«, entgegnete Metin, »ich liebe Algen!«

Längst kniete er über ihr und ließ ihr keine Chance, zu entkommen. Nicht, dass das zur Debatte gestanden hätte, sie genoss den Angriff. Metin küsste sie wieder und wieder.

Dass in der anderen Ecke auf dem schmalen Schreibtisch noch die Webcam lief, die das ganze Zimmer samt Bett recht gut einfing, wusste er nicht. Und Doris hatte es in dem Trubel glatt vergessen.

Voller Begeisterung beobachtete Diana auf ihrem heimischen Computer, wie Metin tausende Kilometer entfernt all das tat, was Doris gerade noch vermisst hatte. Bis im Hotelzimmer das Telefon klingelte.

Doris war hin- und hergerissen, normalerweise würde sie beim Knutschen ein klingelndes Telefon ignorieren, aber dies hier hatte doch eindeutig Priorität. Sie robbte zum Hörer und seufzte mit roten Wangen in den Apparat.

»Hallo?«

»Ja? Hm. Ach … ich freue mich«, hörte Diana ihre Schwester in den Hörer sprechen.

»Es sind die Kinder«, sagte sie zu Metin, »sie haben ein Telefon gefunden und wohnen bei einer Frau, die einen Ureinwohner geheiratet hat.«

»Wirklich? Geht's ihnen gut?«, flüsterte Metin.

»Ja, natürlich, soll ich …?«, fragte Doris, sie zögerte und schaute dann Metin fragend an:

»Du willst vermutlich sofort …«

Metin überraschte sie erneut:

»Sag ihnen, wir kommen morgen.«

30

Lena sah Cem fassungslos an.

»Sie kommen *morgen?*«

Cem war die zusätzliche Nacht auf der Insel gar nicht so unrecht.

»Na ja, jetzt wird's doch gerade erst …«, fing er an, stockte aber, als Lena ihn ungläubig anfunkelte. Freute er sich auf ein verlängertes Abenteuer mit ihr?

»Ich meine, es gibt bestimmt bald was zu essen und so«, korrigierte er hastig.

Lena lächelte still in sich hinein. Sie hatte verstanden, was er eigentlich hatte sagen wollen.

Zwei gute Stunden später, Lena war bis auf eine dicke Lippe wieder relativ abgeschwollen, Cem hatte Yagmur und Costa geholt, alle saßen um den massiven Tisch in der Mitte des Dorfes. Uschi präsentierte sich – wie man das von Darmstädtern in Lederfetzen nicht anders erwartet hätte – als perfekte Gastgeberin.

»Hier auf Buri Buri ist alles anders«, erzählte Uschi verträumt, während sie Trinkbecher verteilte, und schien sich an ihre eigene Initiation zu erinnern.

»Zuerst lässt man die Hüllen fallen und dann irgendwann die Fassaden. Und schließlich wird man zu dem Menschen, der man wirklich ist.«

»Jetzt essen«, sagte Tongo.

Uschi hob die aus Schilf geflochtene Haube über dem Tablett, das sie auf den Tisch gestellt hatte. Yagmur, Costa, Lena und auch Cem schauten reflexartig angeekelt weg. Auf dem Tablett befand sich ein Affenkopf, eingeklemmt in eine Art Schraubstock. Seine toten Augen starrten geradeaus. Tongo hob die sauber abgesägte Schädeldecke wie einen Deckel ab, sodass das Gehirn sichtbar wurde.

Yagmur übergab sich fast.

Lena gab sich nach ihrer Rettung etwas höflicher.

»Hm, das sieht aber … lecker aus«, quälte sie heraus.

Tongo und die Krieger brummten voller Vorfreude, während Yagmur und Costa angewidert stöhnten.

»Ja, das ist auch lecker. Und so gesund«, jubelte Uschi und klatschte freudig in die Hände, »nicht immer diese fettigen Schweinereien.«

Sie nahm einen hölzernen Löffel in die Hand, schälte ein tennisballgroßes Stück aus dem Schädel und sah die vier erwartungsvoll an.

Cem lehnte mit einem verzweifelten Blick ab.

»Costa hat den ganzen Tag schon so großen Hunger«, warf Yagmur ein.

»Ja, Costa, probier doch mal«, feixte Cem.

»Cos-ta, Cos-ta, Cos-ta, Cos-ta …«

Lena und Yagmur schlossen sich, ohne zu zögern, an:

»Cos-ta, Cos-ta, Cos-ta …«

Im selben Moment landete glibberiges Affenhirn klatschend auf Costas Teller.

Seine Mundwinkel zuckten, aber er wollte auch nicht feige sein, diesmal nicht, und vor allem wollte er Yagmur beeindrucken, die ihn ja offenbar provozieren wollte. Dazu, über sich hinauszuwachsen?

Also griff er das Stück Hirn mit den Fingern, stopfte es sich auf einmal in den Mund, unterdrückte den Würgereflex und kaute auf der gallertartigen Substanz herum, bis er es schließlich schaffte, das Zeug hinunterzuschlucken. Lena und Cem und vor allem Yagmur sahen ihn schweigend und sehr beeindruckt an.

»Alter, ist das krass«, sagte Cem bewundernd, »du bist voll der Dschungelkönig.«

31

»Cem, gib mir mal deinen Teller«, sagte Uschi resolut und lud ihm ebenfalls Affenhirn auf. Er schluckte. Dann fügte er sich seinem Schicksal, denn Uschi fuhr fort:

»Yagmur, Lena, ihr auch.«

Während Lena mit Todesverachtung Affenhirn kaute, zischte sie den anderen zu:

»Eins ist aber klar: Wenn diese Geschichte jemals verfilmt wird, schneiden wir das raus. Das darf nie jemand erfahren.«

Cem prustete los: »Verfilmt? Sicher. Und deine Rolle spielt Pamela Anderson, oder was?«

Er überlegte:

»Na ja, mich könnte Van Damme spielen. Oder … ich selbst …«

Yagmur verdrehte die Augen und sagte betont liebenswürdig zu Uschi:

»Gibst du Cem noch was? Sein Teller ist fast leer. Er ist etwas geschwächt und muss wieder zu Kräften kommen.«

Nach dem Essen kamen die Dorfbewohner einer nach dem anderen zu ihnen und begannen Musik zu machen. Nach einer Weile übernahm Cem eine der Trommeln. Er war gar nicht so schlecht, fand er, denn nach einer Weile begannen alle zu tanzen, die Eingeborenen und die drei Gäste genauso.

Es war wie ein Rausch. Stundenlang tanzten sie, bis sie irgendwann auf gemütlichen Kissen vor den Hütten lagen. Sie konnten nicht mehr und schlossen die Augen, bis süßlicher Rauch in ihre Nasen kroch: Uschi hatte eine Pfeife angezündet.

»W…w…was ist d…das?«, fragte Costa.

Uschi nahm noch einen tiefen Zug, bevor sie – schon etwas abwesend – antwortete.

»Friedenspfeife«, sagte sie benebelt und reichte das armlange, mit einem Affenschädel als Pfeifenkopf fungierende Ding an Costa weiter. Der nahm einen Zug und hustete kräftig, dann noch einen und langsam wurde sein Blick glasig und ein leises Lächeln umspielte seinen Mund.

»Ich mag euch alle wahnsinnig gerne«, sagte derweil Lena selig.

»Wir dich nicht«, konterte Yagmur und stupste Lena grinsend an, damit die den Scherz auch wirklich verstand. »Sorry!«

Cem rückte so nahe an Lena heran, dass die anderen nicht hören konnten, was er sagte.

»He, wollen wir zurück? Ich will dir was zeigen«, sagte Cem leise, mit einem vielsagenden Lächeln und einem eindeutigen Unterton.

Alles klar, dachte Lena, nun war es also so weit.

»Oooo-kay«, sagte sie, setzte die Pfeife an und zog kräftig. Zu kräftig, denn sie musste husten.

»Hey, weißes Mädchen«, sagte Uschi aus der anderen

Ecke mit belegter Stimme, »wir rauchen hier ein bisschen was Stärkeres.«

Umso besser, dachte Lena und nahm gleich noch zwei Züge. Mut anrauchen. Viel merkte sie ja ohnehin nicht von dem Kraut. Da drang aus Doris' Arbeitszimmer aber stärkeres Zeug.

Cem stand auf und ging. Lena folgte ihm hektisch.

Yagmur und Costa blieben zurück.

»B...bumsen d...die jetzt?«, fragte er kichernd.

»Keine Ahnung«, sagte Yagmur gelangweilt.

»Bumswetten sind sowieso nur ein Alibi für Cem, um zu flirten. Er wettet jedes Mal vorher, damit es danach nicht heißt, dass ihm was an der Frau liegt.«

»M...m...meinst d...du, er ist v...verknallt?«

»Glaube schon. Irgendwas ist zwischen den beiden. Magie, weißt du?«

Und für einen klitzekleinen Moment lag auch ein bisschen Magie zwischen dem merkwürdigen Mädchen und dem verkorksten Griechen.

»Macht dich das eigentlich traurig?«, überspielte Yagmur hastig.

Costa blickte Yagmur fragend an.

»Ich meine, du bist behindert, und Behinderte finden fast nie eine Freundin.«

Costa schaute sie beleidigt an.

»Ich w...w...will ei...ei...ne D...Delfin...thera...therapie machen.«

»Ich glaube nicht, dass Tiere einen anderen Zweck haben, außer gegessen zu werden«, sagte Yagmur spitz.

Ihr Plan, Costa immer wieder zu provozieren, sollte heute zum Ziel führen.

»E…es g…gibt etwas«, stammelte der trotzig, »i… irgendetwas h…hilft schon.«

»Vielleicht passiert ja ein Wunder. Ganz kurz, bevor du stirbst. Und dann denkst du dir: Ooooh nein, jetzt kann ich endlich richtig reden und dann habe ich Krebs.«

Uschi, die den eigentümlichen Dialog verfolgte, wurde jetzt doch stutzig. Die ist ja krass drauf, dachte sie.

Aber Yagmur hatte einen Plan, und der mündete nun in der ultimativen Provokation.

»Gibt es vielleicht … etwas, was du tun wollen würdest, bevor du stirbst«, fragte sie mit eindringlicher, aber weicher Stimme.

Costa dachte kurz nach, dann beugte er sich hinüber und sah Yagmur lange in die Augen. Die beugte sich ebenfalls vor, verengte ihre Augen und bewegte fast unmerklich die Lippen wie zum Kuss. Uschi lächelte versöhnt. Dann öffnete Costa den Mund und sagte:

»Nö!«

Er gab ein Siegerlächeln zum Besten, lehnte sich zurück und machte sich wieder über die Friedenspfeife her. Yagmur verschränkte beleidigt die Arme, während sie von einer Qualmwolke umhüllt wurde.

32

Zur gleichen Zeit waren Lena und Cem am Strand angekommen. Die Sonne war schon orange und würde bald im Meer versinken. Lena war aufgeregt. Das war jetzt also so was wie ein Date, vermutete sie. Und verdammt noch mal, sie würde dieses Mal nicht kneifen. Nicht bei Cem! Nicht bei dem Typen, der sie zwei Stunden lang angeschwollen durch den Urwald getragen hatte, um ihr das Leben zu retten. Er musste ein feiner Kerl sein. Auch wenn er das die meiste Zeit geschickt zu verbergen wusste.

»Ich fand Sonnenuntergänge immer total scheiße, aber …«, begann Lena.

»Umso besser. Ich auch. Also …«, sagte Cem und schaute sie erwartungsvoll an.

»Moment«, unterbrach Lena ihn, »ich habe lange darauf gewartet, vielleicht könntest du mich erst mal ein bisschen in Stimmung bringen.«

Etwas ungeschickt spitzte sie die Lippen und deutete wenig subtil an, dass sie einem kleinen Knutscher nicht abgeneigt wäre.

Cem kapierte gar nichts.

»Wieso Stimmung? Du musst dich einfach nur da hinstellen und den Mund halten«, sagte er.

»Äh«, entgegnete Lena, »ich habe mir das immer etwas, nun, interaktiver vorgestellt. Und auch eher im … Liegen?«

Cem schaute sie fragend an, eine unübersehbare Stirnfalte bildete sich.

Lena faselte weiter:

»Weißt du, im Stehen hat bestimmt auch seinen Reiz, aber man fängt doch nicht im Stehen an. Oder? Ich stell mir das ein bisschen vor wie Fahrradfahren lernen. Erst mal mit Stützrädern, und wenn man so richtig gut ist, dann …«

»Boah, ich komm mir vor wie in der Abiprüfung. Wovon redest du eigentlich?«

Sein Gehirn fuhr sehr langsam hoch.

»Ich dachte, du wolltest mir was zeigen«, sagte sie und betonte das »zeigen« explizit und unmissverständlich.

Pling. Sein Betriebssystem war jetzt voll da. Endlich verstand er, was sie die ganze Zeit wollte. Es war Zeit, sie aufzuklären:

»Wenn ich ficken meine, dann sag ich auch ficken. Also Ruhe jetzt auf den billigen Plätzen. Du bist die erste Deutsche, die es hören darf.«

Lena war perplex und schaute verdattert. Noch mehr, als ihr Cem die weißen Stöpsel seines iPods in die Ohren drückte. Er schien sich auf irgendwas vorzubereiten. Mit dem Kopf wippend baute er sich ein paar Schritte vor ihr auf und schenkte ihr sein Vertrauen. Auf eine Art und Weise, die Lena in der Tat völlig neu war und die sie vollkommen verstörte.

Er präsentierte ihr seinen Rap.

NUTTEN AM POOL

»Mein Vater is'n Cop
ich Boss vom Block
Alter, ein falsches Wort
du hast'n Loch im Kopf
Kalaschnikow, gold'ne Kette, weißes Unterhemd
deine Mutter kriegt'n Schwanz in'n Mund wie im Dschungelcamp

Kuck mich an, ein Kind von der Straße
das mehr Geld mit Schnee macht als die Winter-olympiade

Frag Eva Padberg
wer fickt wie'n Kraftwerk
Cem ist der Grund
warum man nachts besser absperrt

Ich chill mit Nutten am Pool
Was, bitte, was willst du Hurensohn tun?
Du willst was lernen? Mann, dann guck mir doch zu
du Bastard, bestell deiner Mutter 'nen Gruß

Wie alles funkelt und glänzt
die Waffe macht BUMM
ich bin kein guter Mensch
Cem ist der G, der mit'm Schwanz Nutten sprengt
Hurensohn, renn, Huren-Hurensohn, renn

Nur meine Eier sind noch größer als mein Stolz
Alter, ich fahre Jetski am Persischen Golf
Junge, ich knall Bitches wie Jessica Alba
du knallst nur Bitches, so hässlich wie die Walter
Brille von Gucci, Anzug Armani
Uhr ist 'ne Breitling, Schwanz ist Ferrari
Nutten werden scharf wie Wasabi
wenn sie mich sehen.
Ich fick sie und geh – weil ein Gangsta nicht schläft
Bitch, guck in die Hose: das Monster von Cem!
Für das Ding ist sogar das Ozonloch zu eng
frag Christina Aguilera, wer der Größte ist
ich bekam die Nutte kaum mehr runter
von mei'm Dönerspieß

Wieder erklang der Refrain, den Lena schon nicht mehr hörte, weil sie innerlich ohnmächtig geworden war ob so viel Frauenfeindlichkeit, Schwachsinnsgehabe und Kraftausdrücken.

Als der Song vorbei war, blickte sie starr auf den Horizont. Erst als Cem sie stolz und ein bisschen unsicher fragte: »Und?«, schreckte sie auf. Sie erwachte wie aus einer Trance. Eine Hoffnung gab es ja noch.

»Äh, äh … was war das, eine Parodie oder so?«

»Das war ein Top-Ten-Hit!«

»Wenn nicht Top Five«, sagte Lena spitz.

Die Hoffnung war vernichtet. Er meinte es ernst!

»Wie meinst du das?«, fragte Cem.

»Ironisch!«

»Du wolltest meine Meinung«, sagte Lena entschuldigend, als sie Cems Enttäuschung und eine Hauch von Verzweiflung in seinem Gesicht las.

»Jetzt nicht mehr«, sagte er trotzig.

»Zu spät.«

»Na, interessiert mich aber nicht«, sagte Cem, der sich wieder gefangen hatte. Denn sein Ego hatte beschlossen, nichts auf die Meinung dieser ahnungslosen Deutschen zu geben.

Aber Lena gab nicht so leicht auf:

»Sollte es dich aber. Weil du damit nämlich genau null Komma null null Euro verdienen wirst«, dozierte sie.

»Du weißt gar nicht, was Rap ist. Das drückt mich aus, Mann. Das ist mein Leben.«

Cem drehte sich weg, er war aufgewühlt.

Aber sie war noch lange nicht fertig. Jetzt würde sie ihn mal einnorden. So ging das nicht weiter. Irgendwer musste doch mal sagen, dass er sich aufführte wie ein Idiot!

»Wirklich? Ich wusste ja gar nicht, dass du mit Nutten am Pool chillst und dein Schw…«, Lena stockte und hüstelte, »äh, dein Genital zu groß für das Ozonloch ist. Was wirklich Quatsch ist, weil das Ozonloch ist echt sehr … na egal. Offenbar haben deine ›brothers‹ in der ›hood‹ nicht genügend ›eggs‹ in ihren Hosen, um dir mal freundlich zu empfehlen, dass du mal bitte deine Schule fertig machen solltest, anstatt kiffend und Computer spielend zu verblöden und darauf zu hoffen, dass du der neue Bushido wirst.«

»Was kackst du mich jetzt wieder von der Seite an«, schnaubte Cem, »nur weil du dich für schlau findest, oder was?«

»Für schlau *hältst*, Cem. Vielleicht mal ein bisschen mehr lesen als die Bundesligaergebnisse«, korrigierte sie kühl.

Cem drehte sich wieder zu ihr hin und sah ihr direkt in die Augen. Wütend, aber auch ein wenig enttäuscht.

»Ja, okay, ich bin blöd. Ich bin … der dumme Kanacke, mit dem man sich nicht mal richtig unterhalten kann. Aber weißt du, was mich ankotzt? Zum Ficken hätt's gereicht, oder was?«

Er drehte sich um und ging den Strand entlang in den Sonnenuntergang. Ohne sich noch einmal umzudrehen.

Lena war klar, dass sie zu weit gegangen war. Sie setzte sich in den Sand und blickte hinaus aufs Meer. Ihr Kopf war leer und voll zugleich, die Gedanken fuhren Formel 1. Sie kehrte allein zurück in die Hütte, legte sich aufs Bett. Hellwach.

Was nun? Ablenken! Lena erinnerte sich an die Schwarte im Handgepäck, die sie für den Notfall mitgenommen hatte. »Anna Karenina« von Tolstoi. Ausgerechnet. Keine Urlaubslektüre, aber schlafen konnte sie sowieso nicht und anderweitig ablenken war auf einer fast einsamen Insel auch schwer. Wo war das Buch bloß? In ihrer Tasche jedenfalls nicht. Sie suchte die ganze Hütte ab, auf den Tischen, unter den Tischen, bei den Sachen der anderen, in den Regalen auf dem Boden. Und schließlich entdeckte sie es. Das Buch steckte in Cems Tasche, die unter seinem Strohhut versteckt war. Lena zog das tausendseitige Werk heraus.

Sie blätterte in dem Buch, in dem es ausgerechnet um heile und kaputte Familien ging, und erinnerte sich, wie sehr es sie gefesselt hatte, davon zu lesen.

Und dann sah sie noch etwas. Einige krakelige Unterstreichungen und auch Eselsohren, die nicht von ihr waren.

Lena wurde plötzlich heiß und kalt, sie war gerührt und gleichzeitig schämte sie sich noch mehr. Nicht nur, dass sie kein Interesse und nur Verachtung für das übrighatte, was Cem begeisterte. Nein, er hatte offensichtlich versucht, sich in ihre Welt hineinzufinden, hatte seinerseits Interesse daran gezeigt, obwohl es ihm sehr schwergefallen sein musste, sich durch die verschwurbelten Gedanken der unzähligen Figuren in diesem Buch, ja schon durch einige Sätze zu kämpfen. Oder kurz gesagt: Cem Öztürk hatte wesentlich mehr Reife gezeigt als sie.

Lena packte das Buch und ging hinaus zum Strand, um Cem zu suchen. Weit konnte er ja nicht sein. Und tatsächlich: Etwa fünfhundert Meter von der Hütte entfernt sah Lena ein Feuer flackern. Sie ging hinüber und sah Cem versonnen dahinterhocken. Er kaute auf einer tropischen Frucht herum und spuckte die Kerne in die Flammen. Lena trat vor ihn und lächelte gequält.

»Hey, wolltest du hier schlafen?«

»Nee, ich nehme mir ein Hotel in Dumpfbackenhausen«, entgegnete Cem gereizt und spuckte noch einen Kern ins Feuer.

»Buch ein Doppelzimmer«, sagte Lena und zeigte ihm das Buch, »dann kannst du mir abends was vorlesen.«

Cem schaute sich das Cover an und verzog verächtlich die Mundwinkel.

»Kenne ich nicht.«

»Du hast dir ›Schlafrock‹ und ›Quaste‹ angestrichen.«

»Hat mir Yagmur schon erklärt«, gab er trotzig zurück.

Lena lächelte.

»Hast du das für mich gelesen? Weil du mich beeindrucken wolltest?«

»Nö«, sagte Cem abweisend. Aber diesmal wusste es Lena besser, sie hatte es begriffen.

»Cem, wenn du versuchst, ein besserer Mensch zu werden, dann schaffe ich das vielleicht auch«, sagte sie.

Cem blickte abwartend zu ihr.

»Du hast recht«, fuhr sie fort, »ich kann nicht so gut loslassen und vielleicht habe ich wirklich ein paar Komplexe.«

»Musst du gar nicht«, murmelte Cem und sah hoch zu ihr.

Lena kicherte torkelnd, warf plötzlich aufgedreht das Buch in den Sand und begann sich tanzend zu drehen, bis sie knöcheltief im Meer stand.

»Was ist?«, fragte Cem besorgt, aber Lena kicherte nur immer weiter.

»Ich glaube«, sagte sie glucksend, »die Friedenspfeife wirkt.«

»Alter, wie viele Züge hast du geraucht?«

Lena streckte vier Finger in die Höhe, bevor sie rücklings ins Wasser platschte. Und wieder auftauchte und versuchte, davonzuschwimmen.

»Bleib mal im Flachen, Mädchen!«, rief Cem.

»Du sollst mich nicht immer Mädchen nennen«, schimpfte sie, allerdings nicht mehr so streng wie sonst. Sie stand auf, ging im kniehohen Wasser auf Cem zu, fiel wieder hin, stand wieder auf, sagte dann:

»Weil mich das … nämlich … total … scharfmacht.«

Sie versuchte, Cem die Badeshorts herunterzuziehen.

»Spinnst du?«, fragte Cem und musste schon fast lachen.

So locker hatte er sie noch nie erlebt. Lena ließ von ihm ab und zog sich stattdessen ihr triefnasses blaues Kleid hoch, sodass ihr Bikinihöschen zu sehen war.

»Wer ist hier verklemmt?«, rief sie und rannte arschwackelnd davon. Cem grinste und lief hinterher, nach ein paar Schritten hatte er sie eingeholt. Johlend ließ sich Lena in den Sand fallen, riss ihn mit und sah ihm tief in die Augen. Seine braunen Augen hatten es ihr angetan. Dieses Mal musste er sie nicht in Stimmung bringen, sie *war* in Stimmung.

Lena näherte sich Cems Gesicht, öffnete den Mund, nahm zärtlich Cems Kopf in beide Hände und küsste ihn.

»Du kannst so gut küssen!«, hauchte sie erregt und fuhr fort.

»Das ist meine Nase.«

»Oh«, machte Lena, öffnete die Augen und sah, dass sie in der Tat Cems Nase fast vollständig im Mund hatte.

»'tschuldigung, ich habe so leichte Orientierungsprobleme.«

Sie setzte zu einem Zungenkuss an, der leider nur die Stirn traf, aber jetzt hatte Cem genug. Er griff Lena zärtlich an den Schultern, sah ihr tief in ihre glasigen Augen und schenkte ihr etwas, was man durchaus den ersten richtigen Kuss ihres Lebens nennen durfte. Und vor allem: den besten. Es war das Kraut aus Uschis Pfeife. Es war aber auch Cem zu verdanken. Lena spürte plötzlich eine Menge in ihrem Bauch: Schmetterlinge, den neuen A 380 und dann eine Interkontinentalrakete, die direkt aus dem asiatischen Teil der Türkei abgeschossen worden war, um jetzt in ihrem Berliner Herzen zu detonieren.

Wenig später trieben Badeklamotten in der seichten Meeresbucht. Und im Mondlicht räkelten sich Cem und Lena – splitternackt. Der Sand klebte an ihren heißen Körpern. Die Wellen kitzelten ihre verschlungenen Beine. Unter sich fühlte Lena den weichen Sand. Über sich den kräftigen Körper von Cem.

»Bist du sicher?«, fragte er leise.

Lena öffnete die Augen und sah Cem an. Nein, sie sah *drei* Cems an. Sie zeigte nacheinander auf jeden Einzelnen von ihnen und sagte bestimmt:

»Also, einer von euch dreien muss jetzt mit mir schlafen. Aber nur, wenn ihr mich wirklich mögt.«

Dann lachte sie laut auf – und wurde ohnmächtig.

Na großartig, dachte Cem, nahm Lenas schlaffen Körper behutsam auf die Arme und trug sie hinüber zur Hütte. Es war sehr dunkel, deswegen stieß er mit ihrem Kopf zuerst an den Türrahmen, dann an den Tisch, auf dem Lenas Kamera lag, die bedenklich wackelte, aber nicht herunterfiel, sondern nur kippte – und sich unbemerkt mit einem kleinen PIEPS einschaltete. Cem merkte nichts. Lena eh nicht. Sie faselte wirres Zeug. Cem ließ sie auf die alte Matratze plumpsen.

»Haben wir schon Sex?«, raunzte sie benommen. Dann war sie endgültig k. o. und verlor ihr Bewusstsein. Cem sah sie nachdenklich an. Sie war nackt. Und sie hatte sich Sex gewünscht.

33

Als Lena erwachte, schien bereits das Sonnenlicht durch die Ritzen und Löcher der Hütte. Sie öffnete ihre Augen und sah direkt in Cems Gesicht. Sie zuckte zurück, aber Cem schlief zum Glück noch, und dann fiel ihr auch wieder ein, dass sie ihn mochte. Zumindest daran konnte sie sich erinnern. An den Rest der vergangenen Nacht leider gar nicht. Sie wusste nur noch, dass sie gelallt hatte, dass sie mit ihm schlafen wollte. Oh Gott. Hatten sie? Sie schaute unter der Decke nach: Sie war … nackt! Als sie zur Kontrolle Cems Laken lüftete, atmete sie tief durch: Auch er hatte nichts an! Das bedeutete dann wohl …

»Und? Wie war's?«

Lena schreckte aus ihren Gedanken auf. Cems Schwester stand am Fußende des Betts, sie hatte Lena und Cem offenbar schon längere Zeit beobachtet.

»Hat's wehgetan?«

»Cem!«, sagte Lena nervös zu Cem und stupste ihn an. Der schlug die Augen auf, brauchte einige Sekunden, um die Lage zu erkennen, und funkelte dann Yagmur wütend an. Seine Schwester war so penetrant neugierig! Er hatte erst vor einem halben Jahr tierisch Stress mit ihr gehabt, als sie sich unter dem Bett versteckt hatte, während er mit Cleo gefummelt hatte.

Cem fand nicht schnell genug die richtigen Worte, die man zu einem Mädchen nach einer gemeinsamen Nacht sagt, weswegen sich Lena augenblicklich komisch vorkam.

»Ich ziehe mich mal an«, sagte Lena mit einem unsicheren Zucken in den Augenbrauen. Sie wollte weg!

»In fünf Minuten am Wasserfall«, flüsterte Cem plötzlich und schenkte ihr ein Lächeln, das Lena fast wieder k. o. gehen ließ.

Lena lächelte und nickte. »Okay«, sagte sie, wickelte sich in die Decke ein, griff ihren Bikini und ging nach draußen. Cem sah ihr versonnen nach und lächelte debil. Yagmur konnte sich einen kleinen Gluckser nicht verkneifen. Sie hatte ihren Bruder noch nie so verknallt gesehen.

Sein Gesicht wurde schlagartig wieder ernst.

»Wo wart ihr die ganze Nacht?«

»Ich war gegen halb eins zu Hause und Costa hat noch ein bisschen länger gefeiert …« Yagmur unterbrach sich, weil inzwischen auch Costa die Hütte betreten hatte. Dann vollendete sie mit wütendem Unterton ihren Satz: »… wie man sieht!«

»Hallo«, krächzte Costa verkatert. Seine Stimme war belegt, die Augen zu Schlitzen verengt und das Gesicht mit weißer und gelber Farbe bemalt. Er sah aus wie einer der Eingeborenen, nur in bescheuert. Auf seiner linken Schulter hockte ein kleines Äffchen, das Cem und Yagmur frech anblickte.

»Was ist *das* denn?«, fragte Cem.

»Das ist S…Susi. Ich h…h…hab sie vor dem Fr…Fr…

Frühstück gerettet.« Costa kicherte überdreht und stellte den Affen der Insel-WG vor: »S…Susi, Cem. S…Susi, Yagmur.«

Lena schlüpfte derweil am Strand vor der Hütte in ihr Strand-Outfit und dachte nach. Das war es also gewesen, das erste Mal. Hm. Blöd. Wie sollte sie ihren Kindern davon erzählen, wenn sie sich an nichts erinnern konnte? Und überhaupt: War es denn gut gewesen? Cem hatte gar nichts gesagt. Wahrscheinlich, dachte Lena und verzog das Gesicht, war sie ganz furchtbar gewesen. Sie würde ihn wohl ausfragen müssen und überlegte gerade, wie sie das tun konnte, ohne dass er merkte, dass sie einen Blackout hatte, als sie laute Stimmen aus der Hütte hörte.

»Cem und Lena hatten Sex!«, informierte Yagmur Costa amüsiert.

»U…und, war's sch…schön?«, fragte Costa.

»Ja, Cem, war's schön?« Das war wieder Yagmur, der man das Grinsen sogar anhörte.

»Doppelschnauze!«, rief Cem.

»Vielleicht haben sie gar nicht, es ist gar kein Blut auf der Matratze«, sagte Yagmur spitz.

Cem drehte sich wütend zu seiner Schwester um.

»Willst du aufs Maul? Natürlich haben wir. Ich habe sie gebumst, Alter. In alle Richtungen, Mann.«

Susi, das Äffchen, quiekte und es klang wie ein höhnisches Lachen. Costa sprach mit seiner neuen Genossin.

»Na, da hat der Cemmi wohl die Wette gewonnen, hm?«, fragte er den Affen.

Lena fiel die Kinnlade herunter.

»Eine Wette?«, flüsterte sie tief getroffen.

Als Cem wenige Sekunden später rauskam, war sie nicht mehr da.

34

Kaum hatte Cem sie allein gelassen, machte sich Yagmur daran, das Bett zu machen.

»Und?«, fragte Yagmur Costa in einem Ton, als seien die beiden seit zwanzig Jahren verheiratet. »Hast du schön gefeiert?«

Nicht ganz ohne Eifersucht schüttelte sie das Kissen aus.

»Ja«, sagte Costa, »und ich h...h...hab da ein k...klitzek...kleines Problem.« Er zog sich die Shorts und dann die Unterhose herunter, bis er untenrum nackt vor ihr stand.

»Yagmur, k...kannst du mir h...h...helfen?«

Yagmur drehte sich zu Costa um. Sie erschrak.

Von der Mitte seines Körpers stand etwas dickes Hartes ab, das eine sehr seltsame Form hatte.

»Ich k...krieg das Ding nicht ab«, sagte Costa und schaute nach unten auf die Muschel, in der ganz offensichtlich sein bestes Stück steckte. Es war die Muschel, die er neulich am Strand gefunden hatte und die er Cem als Seelentröster in einsamen Nächten hatte verkaufen wollen. Yagmur schaute Costa mit großen Augen an. Dann atmete sie zweimal laut aus und ein, ging mutig auf ihn zu und griff nach der Muschel. Als Costa kichernd mit dem Hintern wackelte und die Muschel hin und her schleuderte, schlug sie ihm streng auf den nackten Schenkel.

»Ich weiß nicht, wie man auf so eine dumme Idee kommen kann.«

»I…ich w…war breit«, erklärte Costa reumütig und machte einen Hundeblick.

Es war nicht leicht. Anfangs regte sich gar nichts. Yagmur drehte erst vorsichtig, dann rücksichtslos an der Muschel, Costas Jammern ignorierte sie. Selbst schuld, dachte sie. Schließlich nahm sie ihre ganze Kraft zusammen und zog, so kräftig sie konnte. Es machte PLOPP – und er war frei. Yagmur purzelte rücklings auf das Bett. Costa folgte ihr.

»T…t…tut m…mir leid…«, begann er und streckte seine Hand aus, um ihr hochzuhelfen. Als Yagmur seine Hand ergriffen hatte, redete er weiter:

»… die Muschel hat mir echt nichts bedeutet.«

Er verstummte. Sie sahen einander lange Sekunden an. Dann begann Costa wieder zu sprechen. »Was war das denn?«

Schweigen.

Er redete weiter, aber ohne jedes Holpern vor sich hin: »A, B, D, E, einDönermitscharferSoßemitTomatenaberohneZwiebeln.«

Costa strahlte fassungslos.

»Fuck! Hast du das gehört? Ich kann sprechen«, jubelte er.

»Ich drehe durch!!!«

Dann schaute er nach unten und sah, dass er noch immer ihre Hand hielt. Yagmur riss sich aufgewühlt los. Costa sah weiter auf ihre Hand. Yagmurs Berührung war der Schlüssel.

»Du b…b…bist m…m…mein W…Wunder, Yagmur«, stotterte er jetzt wieder, da der Hautkontakt beendet worden war.

»›Fuck‹ sagt man nicht«, erwiderte Yagmur kühl. Aber Costa war jetzt nicht mehr zu bremsen. Und Yagmurs Blick loderte vor Gefühlen, das merkte er.

»D…Du h…hast mich d…d…doch gefragt, w…was ich tun w…w…will, bevor ich st…st…sterbe, oder?«

»Ja?«, sagte Yagmur und wich in kleinen Schritten zurück, denn Costa kam in kleinen Schritten immer näher. Dann küsste er sie vorsichtig auf den Mund, ganz kurz nur; kaum hatte er ihre Lippen verlassen, hatte er auch schon eine Ohrfeige kassiert. Aber er küsste sie wieder, diesmal länger. Wieder fing er sich eine, kaum dass er fertig war. Beide standen sich wortlos gegenüber und schauten sich erschrocken an. Dann war es Yagmur, die plötzlich Costas Kopf in beide Hände nahm und ihn voller Inbrunst auf den Mund küsste. Kaum war sie fertig damit, scheuerte sie ihm wieder eine.

Dann mussten beide lachen.

Costa nahm wieder Yagmurs Hand.

»Wenn das hier alles vorbei ist, Yagmur, würd ich dich gerne …«

Weiter kam er nicht, denn sie riss sich los, drehte sich theatralisch um und sagte:

»Ich kann dich nicht heiraten, Costa. Meine Familie würde das niemals erlauben.«

Costa fuhr amüsiert fort, »… äh … ins K…Kino einladen?«

Yagmur musste lächeln. Das war das erste Date, zu dem man sie je eingeladen hatte. Sie wollte gerade antworten, als sie jemanden rufen hörte.

»Kiiiinder!!!«

Das war die Stimme ihres Vaters! Yagmur riss die Augen auf.

»Babaaa, wir sind hier!«

Und sie rannte nach draußen.

35

Als Cem am Wasserfall ankam, sah er Lena, die mit hinter dem Rücken verschränkten Händen im knietiefen Wasser stand und die kalte Dusche sichtlich genoss. Sie schien auf ihn gewartet zu haben.

»Heeey!«, rief sie und winkte ihm zuckersüß mit einer Hand zu. Cem grinste und kletterte über die Steine zu ihr runter. Als er ihr gegenüberstand, strahlte sie ihn an:

»Weißt du, Cem, zwischen uns, da ist so viel passiert«, sagte sie, »und ich hatte mir wirklich fast eingebildet, dass es etwas sein könnte ...«

Das Timbre ihrer Stimme änderte sich, es wurde streng, »... bis ich herausgefunden habe, dass ...« – sie zog den Ast hervor, den sie die ganze Zeit hinter dem Rücken versteckt hatte, holte aus und versuchte, Cem damit zu treffen, ihre Stimme war mittlerweile sehr schroff: »... dass es eine verdammte FICKWETTE war!!!«

Cem wich aus, der Ast schlug ins Leere.

»Woher weißt du das?«, fragte Cem hektisch und duckte sich vor dem zweiten Schlag.

»Worum ging es? Was war der Einsatz?«, schrie Lena und schwang den Ast zur Seite, um wieder auszuholen.

»Ein, äh, Snickers, aber …«, stammelte Cem kleinlaut.

»EIN SNICKERS?!«, kreischte sie. Sie wollte Cem mit voller Wucht in die Seite treffen, der aber wich wieder elegant aus. Lena verlor das Gleichgewicht, rutschte auf dem glatten felsigen Untergrund aus und fiel vornüber ins Wasser. Im Stehen konnte man der Strömung noch widerstehen, aber flach im Wasser liegend, ohne Halt, war Lena machtlos. Das Wasser riss sie mit und noch bevor sie reagieren konnte, wurde sie wie in der Wildwasserbahn über die Stufen und Felsen geschickt, schlug sich die Kniescheiben an, schluckte irgendetwas, das sich wie ein Fisch anfühlte, und stürzte als Krönung einen saftigen Wasserfall hinunter, bis sie prustend und völlig panisch in einem tiefer liegenden Wasserbecken zum Stillstand kam.

Sie prustete und keuchte.

Vier Meter über ihr stand nun Cem auf einem Felsvorsprung und schaute nach unten.

»Alles klar?«, rief er besorgt.

»Nein, es ist nicht alles klar, du scheiß Penner!«, schrie sie, immer noch hochgradig sauer. »Oh Gott, diese vier Tage Insel sind wirklich *noch* schlimmer als mein bisheriges Leben.« Lena krabbelte auf einen Stein, hockte sich hin und begann zu schluchzen.

»Lena, ohne Scheiß, das mit der Wette war …«, begann Cem eine Erklärung, aber eine Frauenstimme unterbrach ihn:

»Gurke?«

Lena schluchzte auf. Ihre Mutter hatte sie gefunden. Endlich! Heulend stolperten sich die beiden Frauen in die Arme. Und wie ein kleines Mädchen drückte sich Lena zitternd an die Brust ihrer Mutter.

»Alles klar?«, fragte Doris mit weicher Stimme. Lena nickte unter Tränen und sah sie aus verheulten Augen an.

»Du bist gerade noch rechtzeitig gekommen, bevor jemandem was passiert.«

Damit meinte sie Cem, der immer noch oben am Abhang stand und unwohl Lenas düsteren Blick auffing. Das würde sie ihm nicht verzeihen.

36

Ein kleines wackeliges Fischerboot mit der verwitterten Aufschrift »Coast Guard« transportierte die Gestrandeten zurück ans Festland. Eine seltsame Stimmung herrschte an Bord, niemand sprach ein Wort: Zwischen Cem und Lena herrschte Eiszeit, alle anderen schwiegen ebenfalls. Nur der alte Fischer, der sie chauffierte, war stolz wie Oskar, dass er die fehlenden Touristen gefunden hatte.

Costa warf Yagmur ein paar scheue Blicke zu, aber in Anwesenheit des Vaters und Cem war Yagmur zu schüchtern, um ihn anzusehen.

Als das Boot am Hotelpier anlegte, gingen sie wortlos auseinander. Lena und Costa bekamen jeweils ein Einzelzimmer im Tropicana Resort zugeteilt, während sich Yagmur ein Apartment mit Cem teilen musste.

Doris brachte Lena zu ihrem Bungalow. Nicht ohne Hintergedanken, wie Lena schnell feststellte. Doris begann ein Mutter-Tochter-Gespräch. Lena war hundemüde und unglaublich hungrig. Seit dem Vorabend hatte sie schließlich nichts mehr gegessen.

»Alles okay?«, fragte Doris.

»Könntest du kurz überlegen, ob dir eine noch bescheuertere Frage einfällt, nachdem deine Tochter vier Tage auf einer einsamen Insel festgesessen hat?«

Lena stampfte weiter. Sie war sauer. Hungrig. Müde. Und tief verletzt.

»Gurke, jetzt warte doch mal. Der Met…, äh, der Herr Öztürk und ich dachten, wir essen alle zusammen. Später.«

»Erst holt ihr uns ›einen Tag später‹ ab, weil es euch besser passt, und dann bumst du mit dem Albaner rum und erwartest, dass ich mit diesem Vollarsch zusammen esse.«

»Du kennst den Metin doch noch gar nicht«, wandte Doris ein.

»Ich rede von Cem!«

So vehement, wie Lena das sagte, brauchte Doris mit ihrer Erfahrung aus zwanzig Jahren Psychologie und neunzehn Jahren als ihre Mutter kaum weitere Hinweise. Lena war erstens verliebt. Und zweitens war irgendetwas vorgefallen.

»Mir wär's wichtig, wenn du und Cem, wenn ihr euch da ein bisschen aussprechen könntet. Was immer … zwischen euch passiert ist.«

Wobei Doris beim Wort »passiert« Lena sehr frivol angrinste. Lenas Laune wurde durch die Anspielungen ihrer Mutter allerdings nicht angehoben.

»Was ich klar mit ›nichts‹ beantworten kann«, zischte sie süßlich-ironisch, »und die Frage ist: Wieso wäre dir das wichtig?«

»Weil ich Metin wiedersehen will, Gurke«, sagte Doris ernst. Lena verdrehte genervt die Augen.

»Mach doch. Was hab ich damit zu tun? Die zwei Mal muss ich ja nicht zu Hause sein.«

»Ich rede von … öfter«, sagte Doris und wirkte aufgewühlt. Sie schien das wirklich ernst zu meinen.

»›Öfter‹ im Sinne von … drei, vier Mal?«

»›Öfter‹ im Sinne von«, Doris' Stimme wurde jetzt euphorisch, »vielleicht ist er der Richtige!« Lena drehte sich um und sah ihre Mutter verwundert und entsetzt an.

»Bist du betrunken?«, fragte sie.

»Ja, vor Glück, Gurke«, sagte Doris strahlend. »Noch mal ganz neu anfangen. Mit einem Mann zusammenleben. Morgens mache ich das Frühstück, abends gehe ich schnell mit dem Staubwedel über meine Wandteller, dann mach ich die Wäsche und häng sie ganz schnell auf.«

Doris gluckste und dass sie das Aufhängen der Wäsche mit entsprechenden pantomimischen Gesten untermalte, zeigte Lena nur, wie groß der Grad des Irrsinns war – und wie bitterernst es ihrer offensichtlich gehirngewaschenen Mutter war, ein neues Leben zu beginnen. Und zwar mit dem Vater ihres neuen Erzfeindes Cem!

»Bist du geisteskrank?«, fragte Lena verstört. »Willst du mir jetzt erzählen, dass man sich in vier Tagen verlieben kann? Das ist nicht möglich!«

Doris' Gesichtszüge wurden steinern.

»Heute Abend essen wir zusammen«, sagte sie mit einer Stimme, die keinen Widerspruch mehr zuließ, »und wenn Buddha es will, dann werden wir eine Familie.«

Dann ging sie und ließ Lena mit weit offenem Mund zurück. Sie wusste nicht, was sie tun sollte, aber sie wusste, dass sie etwas tun musste, wenn sie eine Katastrophe verhindern wollte.

37

Metin knuddelte seine beiden erwachsenen Kinder, als wären sie vier Jahre alt. Cem und Yagmur war das sehr unangenehm.

»Baba, es reicht«, sagte Yagmur und versuchte, sich aus dem Wrestler-Griff ihres Vaters zu befreien. Aber Metin hörte gar nicht hin.

»Ich habe euch so vermisst«, seufzte er und drückte die beiden gleich noch mal unter vollem Körpereinsatz.

»Ich ersticke«, keuchte Yagmur.

Nach ein paar dicken feuchten Knutschern ließ Metin endlich von seinen Erben ab.

»Gut … ihr braucht einen Moment. Ich bin dann gleich nebenan, wenn was ist.«

Cem ging sofort unter die Dusche. Als er nach zehn Minuten wieder aus dem Bad kam, lag Yagmur auf dem Bett und schrieb etwas, versonnen lächelnd. Als sie ihn sah, versuchte sie den Papierbogen schnell zu verstecken.

»Schon fertig mit duschen?«, fragte sie bemüht cool.

Cem sah sie an. Dachte sie tatsächlich, er hätte den Brief nicht gesehen?

»Was ist das?«

»Nix«, sagte Yagmur, drehte sich weg und verbarg den Brief schützend mit beiden Händen in ihrem Schoß.

Cem grinste. Da half nur eins. Er stürzte sich auf seine Schwester und kitzelte sie. Das hatte noch immer funktioniert. Yagmur quietschte und zappelte, aber sie hatte keine Chance. Cem biss ihr noch einmal in die Schulter und Yagmur gab auf.

Sekunden später hielt er den Brief in Händen und las. Seine Augen und sein Mund wurden immer größer:

»Alter, ist das an Costa?«

»Das ist ein anderer Costa«, behauptete Yagmur hektisch.

»Lüg nicht«, fuhr Cem sie an. »Alter, was schreibst du denn da alles? Das ist ja voll der Softporno.«

»Wieso darfst du dich verlieben und ich mich nicht«, beschwerte sich Yagmur. Cem sah sie streng an.

»Muckst du auf? Willst du wieder in den Kleiderschrank?« Cem jagte Yagmur ein paar Runden um das Hotelbett, bis sie sich keuchend gegenüberstanden. Und Yagmur die Nase voll hatte, sich immer unterzuordnen.

»Du musst gar nicht so cool tun. Du magst sie«, sagte Yagmur.

Er machte Anstalten, über das Bett zu springen und sie zu packen, aber sie ließ sich nicht einschüchtern.

»Du hast andauernd dein Spiegelgesicht gemacht und heimlich Liegestützen, bevor sie aufgewacht ist, damit du gut aussiehst!«

»Halt die Fresse jetzt«, sagte er und bewarf seine Schwester mit dem zerknüllten Liebesbrief.

»Halt sie selbst!«, schrie Yagmur wie aus Reflex zurück.

Cem war entsetzt. Das war ja geradezu eine Widerstandsbewegung, die Yagmur soeben gegründet hatte. Sie fühlte sich super. Fast ein bisschen emanzipiert.

»Ey, hat dein Ego Anabolika genommen?«, kläffte Cem sie verwirrt an.

Yagmur stemmte die Hände in die Hüften und spürte, dass sie jetzt hart bleiben musste, wenn sie jemals eine Chance haben wollte, den Griechen zu daten.

»Du hast Costa nur geschlagen, aber du warst nicht stark genug, um ihn wirklich ernsthaft zu verletzen. Das heißt, dass du insgeheim schwach bist! Sonst würdest du ihr auch sagen, dass du sie magst! Und dich entschuldigen.«

Cem war baff. Dann setzte er sich breitbeinig aufs Bett, stemmte die Arme auf die Oberschenkel und sah Yagmur ernst an. Die wurde nun doch etwas unsicher ob ihres forschen Auftretens und wartete mit bangen Blicken auf seine Reaktion. Cem dachte nach, was wie gewöhnlich ein paar Sekunden dauerte.

»Gut, dann … schreib mir auch so ein Dings … so einen Brief«, sagte er bemüht gelangweilt.

»Was krieg ich dafür?«

Cem hatte langsam genug von seiner aufmüpfigen Schwester:

»Keinen Arschtritt«, raunzte er.

»Ich will zwanzig Euro«, sagte Yagmur forsch, »und du musst mich zum Pimkie-Outlet fahren.«

»Was willst du denn da?«

»Unterwäsche kaufen. Für meine Hochzeitsnacht«, sagte Yagmur, ohne einen Anflug ihrer alten Verklemmt- und Schüchternheit.

Cem war bedient, er seufzte.

»Boaaah, diese Insel bringt alles durcheinander! Ich

drehe durch. Ich habe sogar überlegt, ob ich mein Abi noch mal versuchen soll.«

Yagmur lächelte ihn liebevoll an. Sie hatte sich wieder aufs Bett gesetzt und hielt den Kugelschreiber einsatzbereit.

»Also, wie fangen wir an?«, fragte sie Cem. Der rutschte – er hatte inzwischen aufgegeben, ihr zu widersprechen – zu ihr rüber.

Yagmur seufzte, schaute verträumt in die Ferne und diktierte sich selbst:

»Meine geliebte Lena ...«

Cem verzog angewidert das Gesicht. Er konnte die kitschige Musik geradezu hören, die über solchen Momenten normalerweise lag.

»Komm, das wird mir zu schwul«, sagte er, »ich quatsche selbst mit ihr. Los, such mir was zum Anziehen raus.«

»Also zündest du mich nicht an, wenn ich mit Costa ins Kino gehe?«, fragte Yagmur vorsichtig.

Cem verdrehte die Augen.

»Such mir jetzt was raus, du Opfer«.

Seine Schwester strahlte und gab ihm einen Kuss. Sie freute sich, dass es ihn gab. Auch wenn sie ihm das nie, nie, nie, nie gestehen würde.

38

Lena lag unter einem Haufen Chips und Nüssen aus der Minibar rücklings auf ihrem Bett. Sie hatte es nicht bis zur Dusche geschafft und war auf dem Bett eingepennt.

PLOPP!

Lena schreckte hoch und betete, dass es sich um einen Albtraum handelte. Leider wirkte Frieder sehr lebendig, wie er da vor ihr im Raum stand, eine schäumende, frisch geköpfte Sektflasche in der Hand und eines seiner nach Psychiatrie schreienden »Hallo Schatzi«-Lächeln im Gesicht.

»Du lebst!«

Lena stand augenblicklich auf und überlegte, ob sie es an ihm vorbei zur Tür schaffen würde.

»Frieder, was … was machst du hier?«

»Was ich hier …?« Er unterbrach sich empört selbst. »Ich … habe mir Sorgen gemacht, ich habe deinen Namen in den Nachrichten gehört, ich …«

»Here I am«, sagte Lena strahlend: »Gesund, wohlbehalten – du kannst also ganz beruhigt wieder zurück nach … sind das Rosenblätter?«

Sie blickte mit wachsender Panik in den Augen auf die

roten Schnipsel. Es waren Rosenblätter. Frieder war nicht zu bremsen.

»Also, du siehst wirklich klasse aus. So gesund …«, versuchte er sich in Komplimenten.

»Frieder, ich bin …« sagte Lena und war fast an ihm vorbeigetänzelt, um die Tür zu erreichen. Da packte er sie und zog sie aufs Bett.

»… du bist unsicher. Ich weiß«, sagte er. »Und deswegen bin ich hier. Egal wann, egal wo. Ich bin für dich da. Kein Weltmeer kann uns trennen.«

Lena lächelte gequält und sträubte sich nach Kräften, als Frieder sie noch näher an sich heranzog und ihr unbeholfen über Wangen und Haare streichelte. Die Münder waren jetzt in kritischer Kussdistanz. Sein Arm hatte sie in einem zärtlich gemeinten Schwitzkasten, der Lena röcheln ließ.

»Okay«, sagte Lena bemüht fröhlich, um ihn nicht weiter zu reizen, »du machst mir Angst«. Frieder zögerte und überlegte, dann platzte er förmlich heraus:

»Das liegt dann wahrscheinlich an dem neuen Antidepressivum, das pusht mich so.«

Als er versuchte sie zu küssen, wurde ihr klar: Sie musste deutlich werden.

»Ich hatte gesagt, dass ich nicht will«, sagte sie, während sie versuchte, sich seinen Casanovagriffen zu entwinden.

»Das kannst du doch gar nicht sagen, bevor du es nicht probiert hast«, erklärte Frieder, rückte wieder heran, tippte ihr auf die Nase und versuchte erneut, sie zu küssen.

»Ich *hab's* versucht, okay?«, erwiderte Lena bestimmt.

Damit hatte Frieder nun gar nicht gerechnet.

»Mit wem?«, fragte er weinerlich. Das Antidepressivum schien an Wirkung zu verlieren. Da klopfte es an der Tür, und Lena nutzte die Gelegenheit, endlich von Frieder wegzukommen.

Sie öffnete – es war Cem.

Oh Gott, es wurde immer schlimmer.

»Hey …«, sagte er zaghaft lächelnd, aber Lena unterbrach ihn mit eiskalte Stimme.

»Was ist?«

»Hör zu …«, er suchte nach Worten, »wegen der ganzen Sache mit der Fickwette, ich … ähm … Mann, das mit dem Reden ist echt nicht so mein Ding.«

»Nein?«, fragte Lena ironisch. »Das ist mir ja noch gar nicht aufgefallen. Du … gerade ist's schlecht.«

Cem schaute sie verzweifelt an:

»Ich war gerade mitten im Satz.«

»Und ich war mitten beim Rummachen. Mein Freund ist da.«

Lena fand ihren spontanen Rachegedanken wunderbar. Das hatte gesessen.

Cems Gesichtsausdruck wechselte ins Fassungslose. Lena machte die Tür, die bis dahin nur einen Spalt geöffnet war, ganz auf. Cem sah ein Häuflein Elend im viel zu großen Nerd-T-Shirt auf dem Bett hocken: Es umklammerte eine Sektflasche und sagte hoffnungsvoll: »Freund?«

Cem war nun noch etwas fassungsloser. Der?

Lena machte die Tür wieder auf Spaltbreite zu und rief flirtend ins Zimmer hinein: »Frieder, du Spinner.«

Dann wandte sie sich wieder an Cem und flüsterte kühl: »Er ist nur aufgeregt, weil er mich gleich bumsen darf. Und das mit uns auf der Insel … das war das Übliche. Urlaubsflirt. Also, ciao!«

Damit knallte sie die Tür zu. Durch einen Spalt in der Gardine konnte sie sehen, dass sich Cem mit gesenktem Blick von ihrem Bungalow entfernte. Sie hatte es ihm heimgezahlt. Was immer er ihr für Ausreden hatte darbieten wollen, sie war nicht drauf reingefallen, sie hatte direkt zurückgeschlagen. Er war definitiv angeschossen. Die Schlacht konnte beginnen.

Sie drehte sich zu Frieder um, der inzwischen aufgestanden war, er stand nun direkt hinter ihr. Lena erschrak.

»Meintest du das eben ernst?«, fragte Frieder selig. »Dass ich dein Freund bin?«

»Hm. Genau«, sagte Lena ironisch, schob ihn weg und ging in Richtung Badezimmer..

»Du spielst mit meinen Gefühlen!«, schrie er.

Lena drehte sich um und brüllte zurück:

»So ist das nun mal in unserem Alter!«

Dann knallte sie die Badezimmertür zu, schloss sicherheitshalber ab und kletterte in die Dusche. Noch bevor sie das Wasser aufgedreht hatte, schepperte es noch einmal. Das war die Zimmertür, die Frieder – hoffentlich von außen – zugeknallt hatte. Endlich Ruhe, endlich duschen. Endlich nachdenken. Sie würde kein Leben mit Cem Öztürk führen. Nur noch vier Stunden blieben ihr, dann war das Abendessen anberaumt, bei dem vermutlich einer der beiden senilen irren Senioren einen Heiratsantrag rausposaunen würde. Aber sie hatte eine Idee.

39

Nach zwanzig Minuten unter der heißen Dusche trocknete sich Lena schnell ab, wickelte sich ein Handtuch um die Haare, streifte sich ein Top und eine Jeans über und verließ das Zimmer. Sie ging hinüber in die Lobby des Hotels und hatte Glück. Der Computer war frei. Lena setzte sich an den Bildschirm, öffnete den Browser und tippte »Kadir Clan« in die Suchmaske. Interessiert überflog sie alles, was im Netz zu finden war. Der Kadir-Clan war offenbar eine mafiaartige Organisation aus der Türkei, deren Strukturen bis nach Deutschland reichten. Von Geldwäsche, Drogen und Waffenhandel war zu lesen. Dabei agierte der Clan äußerst brutal und skrupellos gegen seine Feinde. Auch Bilder sah Lena, einige zeigten sehr fies aussehende Bandenmitglieder und -chefs, andere das Logo des Clans. Ein böse dreinblickender Stierkopf, unter dem in aggressiver Schrift das Wort »Kadir« stand. Das ist ja prächtig, dachte Lena. Sie malte sich das Logo ab und wusste nun, wie sie Metin und seine Brut aus ihrem Leben vertreiben würde.

Lena schlich sich zu Bungalow Nummer 14. Durch das Fenster sah sie, wie sich Metin umzog. Nun brauchte sie ein wenig Glück und hoffte, dass er das Zimmer bald verlassen würde. Und tatsächlich, kaum zehn Minuten später trat er aus der Terrassentür, er trug Joggingschuhe, eine labberige Sporthose und ein albernes T-Shirt mit der Aufschrift »Running Sucks«. Er legte den Schlüssel unter die Fußmatte: sehr gut, dachte Lena. Sehr gut und sehr dämlich. Metin schaute auf seine Armbanduhr, startete mit einem Knöpfchen die Stoppuhr und trabte los.

Kaum war er um die erste Ecke gebogen, rannte Lena los, hob die Fußmatte an, nahm den Schlüssel und öffnete die Tür. Sie war drin. Es konnte losgehen. Als Erstes zupfte sie einige Blätter vom Gummibaum, dann wurde sie mutiger und ging hinüber zum Schrank, zerrte die Klamotten heraus, riss die Lampenschirme von der Decke, die Gardinen von den Fenstern. Keuchend schleppte sie eine irre schwere Bodenvase durch den Raum und schmetterte sie schwungvoll gegen die Wand, sodass das Porzellan in tausende Teile zerfiel. Der Fernseher war schwer, aber Lena stemmte sich so lange dagegegen, bis er nach vorn fiel. Lena kam auf den Geschmack – so mussten sich Rockstars fühlen.

Lena holte vier Flaschen Bier aus der Minibar und warf sie an die weiß getünchten Wände. Eine davon landete im Badezimmerspiegel, der klirrend zersprang. In den Spiegelresten sah Lena ein böses und wutverzerrtes Gesicht. Gruselig. Aber was muss, das muss, dachte sie und ging zum finalen Schlag über. Sie holte die Farbdose, die sie aus dem Kämmerchen des Hausmeisters gemopst hatte, und sprühte einen Stierkopf an die Wand, so wie sie ihn im Internet gesehen hatte. Darunter schrieb sie »Kadir« und daneben: »Wir haben dich gefunden.«

Dann befestigte sie noch ein paar gerupfte Suppenhühner, die der Hotelkoch unvorsichtigerweise in der unbewachten Küche hatte herumliegen lassen, am Ventilator. Mehr konnte sie nicht tun, dachte sie zufrieden, steckte den Schlüssel wieder unter die Matte und verschwand.

Eine Viertelstunde später schloss Metin auf. Er sah auf die Uhr und lächelte zufrieden. Aber nur so lange, bis er die Hühner an der Decke baumeln sah. Dann fiel sein Blick auf das zerstörte Zimmer. Sofort ging er in Schutzhaltung, griff sich eine große Scherbe vom Boden und hielt sie wie seine Dienstwaffe vor sich. Er tastete sich ins Bad vor, keuchte auf, als er den kaputten Spiegel sah, die Vasen, den zerbrochenen Fernsehbildschirm. Dann erst drehte er sich um zu der Wand, auf die Lena den Gruß gepinselt hatte. Und jetzt erschrak er richtig.

»Wir haben dich gefunden … Kadir«, keuchte er fast tonlos.

Dann schrie er, so laut er konnte:

»CEEEEEEEEEEEMMMMM! YAAAAGMURRRR!«

Und während er sein Handy suchte, in dem seit dem Mord an seiner Frau eine gewisse Nummer für Notfälle eingespeichert war, wusste er bereits, dass er Doris nicht mehr sehen würde. Angstschweiß lief ihm die Stirn hinunter, als er sich an Hecken drückend auf den Weg zu Cem und Yagmur machte. Und vielleicht hatte sich auch eine Träne daruntergemischt.

40

Mit der Spraydose in der Hand saß Lena auf ihrem Bett. Sie fühlte sich elend. War sie zu weit gegangen? Was war, wenn Metin wirklich so panische Angst vor diesen Mafia-Heinis hatte, dass er etwas Dummes tat? Nicht, dass er sich jetzt umbrachte. Oder aus Panik gegen eine Wand lief und sich dabei eine Hirnblutung zuzog. Gott, es ging ja so viel schief, wenn Leute nicht mehr klar denken konnten.

Nein, sie würde stark bleiben. Sie hatte das Richtige getan. Allein die Vorstellung, dass sie bald mit den Öztürks unter einem Dach leben würde, wenn ihre Mutter wirklich Metin heiraten sollte, und sie möglicherweise Wand an Wand mit Cem leben sollte (und vielleicht sogar hören, wie er mit anderen Frauen vögelte), reichte, um sich wieder sicher zu sein. Wobei – was war, wenn Cem ihr wirklich etwas Wichtiges hatte sagen wollen, etwas, was alles geändert hätte? Vielleicht konnte er ja alles erklären und – ja, genau, Lena kniff sich in den Arm. Erklären. Jetzt klang sie schon wie eine Trantüte aus einem Satı-Movie. Er war ein Arsch. Und sie war ihn losgeworden, bevor er ihr das Herz brechen konnte. Oder hatte er das schon getan?

Lena riss sich zusammen. Sie durfte keinen Verdacht erwecken. Doris durfte nicht ahnen, dass sie etwas mit der zu erwartenden Tragödie zu tun hatte.

Lena zog das schönste Kleid an, das noch im Koffer war, schminkte sich aufwendig und ging dann pünktlich um kurz vor sieben ins Restaurant. Dort saß Doris schon seit einer halben Stunde an einem festlich eingedeckten Tisch und übte nervös, wie sie die neue Familie am besten begrüßen würde. Rundherum tauschten glückliche Paare Zärtlichkeiten aus. Einige über und andere – wie Doris amüsiert berührt feststellte – auch unter dem Tisch.

»Und? Abgeregt?«, fragte Doris kühl, als sich Lena zu ihr an den Tisch setzte.

»Kann man so sagen«, antwortete Lena, ohne dass Doris die Zweideutigkeit verstand.

Ihre Mutter lächelte zaghaft.

»Siehst hübsch aus«, sagte sie.

»Danke. Ich dachte, es sei ein besonderer Moment.«

»Oooh, wie süß von dir«, antwortete Doris und sah ihre Tochter skeptisch an.

»Metin müsste gleich kommen. Eigentlich sollte er längst da sein. Er ist doch Beamter.«

»Ja, echt komisch. Na, hoffentlich ist nichts passiert«, erwiderte Lena und nippte mit unschuldigen Augen am Wasserglas.

Rund eine Viertelstunde später war es so weit. Doris war jetzt überzeugt, dass irgendetwas vorgefallen sein musste. Sie packte Lena, ging mit ihr hinüber zu Metins Zimmer und hämmerte gegen die Scheibe. Nichts. Dann versuchte sie es bei Cem und Yagmur. Auch keine Reaktion. Doris war mit den Nerven am Ende.

Lena beschlich wieder dieses leise Unwohlsein. Vielleicht hatte ihre Mutter diesen Albaner ja wirklich … aber nein, nein, nein. Sie tröstete ihre Mutter, so gut sie konnte, und begleitete sie zur Rezeption. Langsam wurde es schwierig, ständig überrascht und ahnungslos zu tun. Lena hatte ihre kriminellen Energien deutlich überschätzt.

»Öztürk«, sagte Doris langsam und so deutlich wie möglich, »can you please call the room again.«

»I'm sorry, the Öztürk Family has already checked out«, sagte der freundliche Herr auf der anderen Seite der Theke.

Doris fehlten die Worte. Sie schaute den Rezeptionisten an, dann Lena, der es hervorragend gelang, Erstaunen und Bedauern in ihren Blick zu heucheln. Abgereist. Ohne ein Wort des Abschieds. Was für eine erbärmliche Flucht. Wortlos drehte sich Doris um und ging in Richtung Bar. Jetzt half nur noch Alkohol.

Lena kehrte in ihr Zimmer zurück, um ihre Kamera zu holen. Irgendwie hatte sie gerade einen melancholischen Anflug. Sie wollte das, was sie in den letzten Tagen alles gefilmt hatte, noch mal ansehen. Auch um zu begreifen, dass sie es nicht geträumt hatte.

Mit der Kamera in der Hand lief sie zur Strandbar. Sie wollte ihre Mutter nicht allein lassen. Denn deren Liebeskummerexzesse kannte sie. Irgendwer wurde eigentlich immer verletzt. Meistens derjenige, der den Alkohol verkaufte – oder besser gesagt irgendwann *nicht* mehr verkaufen wollte.

Doch die Lage war noch halbwegs unter Kontrolle. Auf der Bühne hieß es wieder mal Karaoke. Eine ältere Dame sang »My Bonnie lies over the ocean« und Doris stiegen die Tränen in die Augen. Das war ihr Song! Ihr Leben! Ihr

Schicksal! Nach kurzem Gerangel gelang es ihr, das Mikrofon noch vor dem ersten Refrain zu übernehmen:

»My Bonnie lies over the ocean … O bring back my Bonnie to me.«

Die letzten Silben gingen in Heulen über. Doris sank auf die Bühne. In der einen Hand das Mikro, in der anderen ihr Weinglas. Obwohl es ja immer heißt, ein Song brauche Emotionen, gab es in diesem Fall keinen Applaus.

Lenas Gewissensbisse wurden immer größer. Ihre Mutter tat ihr leid. Sie versuchte dennoch, sich auf das Display ihrer Kamera zu konzentrieren. Angefangen von ihrem ersten Lagebericht über einen trommelnden Cem im Kannibalenlager bis hin zu … plötzlich schnitt sich eine Aufnahme ins Bild, die nicht von Lena war. Zu sehen war das Innere der Hütte, das Bett, und darauf wuchtete Cem gerade die fast weggetretene Lena.

»Haben wir schon Sex?«

Lena stoppte die Kamera und sah ins Leere. Das musste die Nacht vor ihrem ersten Mal gewesen sein. Hatte Cem die Kamera eingeschaltet? Sie war entsetzt und blickte aufs Standbild. Nein, es sah eher so aus, als ob irgendwer an den Tisch gekommen war und die Kamera auf die Seite gefallen war. Dabei hatte sie sich offenbar eingeschaltet.

Wenn Cem davon gewusst hätte, hätte er sicher nicht seinen nackten Hintern ins Bild gehalten.

Lena musste das gucken! Sie drückte auf »Play« und das Video lief weiter.

Aber so wenig Lena von der Veranstaltung selbst wusste, so wenig konnte sie sich daran erinnern, dass sie von Cem aufs Bett gelegt wurde, dass sie ihn fragte »Haben wir schon Sex?« und dass sie dann … ganz offensichtlich … einschlief. Sie schlief! Und Cem lag neben ihr. Lena spulte vor und erwartete, wie er über sie herfiel, sah aber nur, wie sie sich zur Seite drehte, dann auf den Bauch, wie Cem sie anfangs mit einem Lächeln beobachtete, dann ihre Hand hielt, ihre die Decke über die nackten Schultern zog, ihr das Haar streichelte …

Ihr das *Haar streichelte?* Also das war eine Art der Entjungferung, die ihr neu war. Sie spulte weiter. Wo war der verdammte Sex?!

Der Timecode der Aufnahme lief voran, irgendwann wurde Cem des romantischen Glotzens müde und schlief in Löffelchenstellung neben ihr ein.

Lena hatte spontan die dringende Sehnsucht, von jemandem kräftig geohrfeigt zu werden. War sie denn eigentlich bescheuert? Cem Öztürk hatte nicht mit ihr geschlafen! Obwohl sie nicht nur ein leichtes Opfer gewesen wäre, sondern den Aufnahmen zufolge offensichtlich ziemlich geil auf ihn. Was für ein Junge deckte einen zu und sah einen an, nachdem man ihn lallend zum Sex aufgefordert hatte?

Lena schluckte.

Ein Junge, der einen wirklich gern hatte.

Sie wusste, dass sie einen unverzeihlichen Fehler gemacht hatte. Dass sie alle, einschließlich sich selbst, ins Unglück gestürzt hatte. Dass sie alles zerstört hatte. Jetzt half nur noch eines: Ehrlichkeit.

Als sie sah, wie Doris auf einen Barhocker kletterte und sich Weißwein nachschenken ließ, fasste sie sich ein Herz. Sie ging zu ihrer Mutter, nahm ihr das Weinglas von den Lippen und trank es mit einem Zug leer. Doris schaute sie verblüfft an. Lena atmete ein und versuchte, ihrer Mutter fest in die Augen zu sehen.

»Weißt du noch«, fing sie an, »als wir darüber gesprochen haben, dass alle Mütter ständig ausrasten und du diese innere Mitte gefunden hast? Also, dass dich eigentlich total vieles kaltlässt, was andere … spießige … langweilige Durchschnittsmütter auf die Palme bringt?«

Doris sah Lena glasig an, aber irgendwas sagte ihr, dass Lena Mist gebaut hatte.

»Und dass du niemals herkömmliche Erziehungsmaßnahmen in Betracht ziehen wirst?«

Doris bohrte den Blick in ihre Tochter. Mit einem Mal schienen Melancholie und Suff wie weggeblasen zu sein. Sie hob ihre Hand und winkte, als wolle sie Lenas Geständnis direkt in ihr Ohr lotsen.

»Sprich!«, sagte Doris nur.

Lena begann zu reden. Von Cem, ihren Gefühlen, von ihrer »ersten Nacht«, der Fickwette, der Friedenspfeife, von Metins panischer Angst vor dem Kadir-Clan, ihrer Angst vor Doris' Hochzeitsplänen und wie all das schließlich zu der Zimmerverwüstung geführt hatte.

Als Lena fertig war, atmete Doris durch und lächelte bemüht.

»Von welchen Erziehungsmaßnahmen habe ich gesprochen?«, fragte Doris.

»Stubenarrest, Fernsehverbot, Taschengeld streichen …«, zählte Lena sehr kleinlaut auf.

»Gut«, sagte Doris gütig, »denn es ist mir wichtig, dass ich meine Versprechen halte.«

Lena schaute Doris verblüfft an, die ihr überraschend verständnisvoll zunickte. Umso überraschender kam die schallende Backpfeife, die im selben Moment auf Lenas linker Wange bruchlandete. Doris sprach freundlich und gelassen lächelnd weiter.

»Das ist wichtig, damit unser Vertrauensverhältnis nicht leidet.«

Lena sah sie wortlos an und hielt sich die linke Backe. Sie war wie erstarrt. Doris weckte sie aus ihrer Trance:

»Jetzt los! Wir brauchen ein Taxi.«

Doris riss ihre Tochter hinter sich her. Lena überlegte kurz, das Jugendamt zu informieren, aber dann erinnerte sie sich, dass sie sich ja gerade eben noch ein paar saftige Ohrfeigen gewünscht hatte. Na ja, wenn das Schicksal gerade so großzügig auf irdische Bestellungen reagierte, dachte sich Lena, ergab es vielleicht Sinn, gleich noch eine abzuschicken:

Bitte, flehte sie in Gedanken, bitte mach, dass ich Cem wiedersehen werde.

41

Taxis gab es vor dem Hotel in ausreichender Menge. Und auch ein Fahrer, der gegen ein Trinkgeld zu diversen Geschwindigkeits- und Rotlichtverstößen bereit war, fand sich schnell. Ab zum Andaman Airport in Port Blair, der etwa zwei Stunden entfernten Hauptstadt der Andamanen! Doris und Lena saßen unruhig auf der durchgesessenen und abgeschabten offenen Rückbank des Taxis und feuerten den Fahrer an. Es ruckelte mächtig, als er über die Schlaglochpisten donnerte, aber das war den beiden egal.

»Ich bin stolz auf dich«, sagte Doris nach einiger Zeit.

Lena lächelte verlegen, denn das war nicht zu erwarten gewesen.

»Weil ich die Wahrheit gesagt habe?«

»Nein, weil du endlich Drogen genommen hast.«

Lena war baff, aber das war ja wieder typisch Doris. Sie wusste allerdings, dass sie aktuell nicht in der Position war, um Kritik zu üben. Immerhin hatte Doris zu alter Stärke zurückgefunden. Jetzt galt es, die Abreise der Türken zu verhindern. Und dabei gut auszusehen.

»Mama, du musst dich schminken, du siehst total verheult aus«, sagte Lena.

Doris holte den Lippenstift aus ihrer Handtasche und versuchte ihr Bestes. Aber weil ihr ein Spiegel fehlte und die Straßen eine einzige S-Kurve zu sein schienen, war das Ergebnis ähnlich wie damals an der Ampel in Berlin. Vielleicht ein gutes Omen, dachte Lena, als Doris sie packte, zu sich drehte und ihre großen Augen als Spiegel benutzte.

42

Metin hatte alles in Rekordzeit organisiert. Ein paar Anrufe genügten und schon war der Verbindungsmann vor Ort erreicht worden. Auf der Toilette im Terminal des Flughafens in Port Blair kam es zur Übergabe. Metin schob einem namenlosen Mann im Columbo-Trenchcoat einen Umschlag hin, der mysteriöse Fremde überreichte ihm drei scharlachrote Reisepässe. Metin trug längst einen perfekt sitzenden schwarzen Anzug mit schwarzem Binder und weißem Hemd, er hatte eine strenge Brille auf und klebte sich künstliche Koteletten an. Er warf einen Blick in den Ausweis: Jens Amundsen, wohnhaft in Oslo. Sehr schön. Sein altes Leben, die ganze Existenz des »Metin Öztürk«, packte er in einen mitgebrachten schwarzen Plastikmüllsack.

Dann klopfte er energisch gegen zwei Kabinentüren.

»Los, wir müssen uns beeilen.«

Heraus traten ein junger Mann, der ebenfalls einen schwarzen Anzug und ein weißes Hemd trug, und eine attraktive junge Frau mit langen Haaren, auffallend, aber geschmackvoll geschminkt. Sie trug Leggings und ein pinkfarbenes Top und dazu passend lackierte Fingernägel.

Jens hielt Cem und Yagmur ihre neuen Ausweise hin.

»Hier sind eure neuen Pässe, prägt euch die Namen und das Geburtsdatum ein.«

»Marianne?«, sagte Yagmur entsetzt, als sie in ihrem blätterte.

»Magnus?!«, rief Cem, als er seinen Ausweis geöffnet hatte.

»Amundsen«, ergänzte Metin den Nachnamen.

»Was ist das für ein Scheiß, das ist kein türkischer Name«, maulte Cem.

»Ja, natürlich nicht. Sie suchen nach türkischen Namen. Im Übrigen habe ich dich zwei Jahre jünger gemacht, Cem … äh … Magnus. Die Norweger sind in der PISA-Studie ganz oben. Wäre ja ganz gut, wenn bei dieser Identität endlich ein Abi rausspringt.«

»Ich will nicht Magnus heißen.«

»Setz die Brille auf«, befahl Metin. Eine strenge Hornbrille, die Cem noch intellektueller erscheinen lassen würde.

»Ich will nicht nach Oslo«, sagte Yagmur verzweifelt.

»Oslo ist wunderschön, Marianne!«

Er schnippste und Yagmur reagierte prompt, indem sie ihre Fingernägel präsentierte. Alles sauber und adrett, stellte Metin zufrieden fest. Aus dem Lautsprecher ertönte ein indisch angehauchter Flughafengong und eine freundliche Stimme forderte alle Passagiere nach Oslo auf, zum Gate zu kommen.

»Es geht los«, sagte Metin. Magnus und Marianne Amundsen sahen einander ängstlich an, nahmen die Plastiksäcke, in die sie das Leben von Yagmur und Cem Öztürk entsorgt hatten, und warfen sie beim Hinausgehen in den Mülleimer der Herrentoilette.

Das war's, dachte Cem. Er war gefickt.

43

Marianne hatte sich gerade in ihren Sitz geworfen, blätterte im Bordmagazin der norwegischen »Scandi Airways« und entdeckte einen Artikel über die Schönheit Norwegens, während die beiden Männer noch das Handgepäck verstauten. Als die Stewardess mit ruhiger Stimme »Boarding is completed« in ihren Telefonhörer hauchte, waren auf der Gangway lautes Trappeln und Rufen zu hören. Metin war extrem angespannt. Vielleicht waren das nur die letzten Passagiere, vielleicht aber auch nicht. Er sah sich nervös um. Und tatsächlich stürzten im nächsten Augenblick zwei verdächtige Personen ins Flugzeug. Die Stewardess kreischte auf.

»Stopp!«, rief die Frau im weißen Kleid energisch.

»Cem!«, brüllte die andere.

»Metin!«, schrie Doris, als sie ihn erblickt hatte.

»Verdammt, sie haben uns erkannt«, zischte Metin. Er ging im schmalen Gang zwischen den Sitzreihen auf Doris zu.

»Doris, es tut mir leid, wir müssen das Land verlassen. Ich wollte dir das ersparen, den Abschied, das Drama, aber es geht um eure Sicherheit.«

Zu seiner Verwunderung stellte Doris gar keine Fragen, sondern packte Lena, die sich hinter ihr versteckte, am Arm und zerrte sie vor sich, sodass sie direkt vor Metin und Cem stand. Lena lächelte verlegen und schuldbewusst.

»Ich habe dein Zimmer verwüstet«, sagte sie kleinlaut. »Und ich habe die Drohung an die Wand gesprüht, ich bin ausgeflippt, es tut mir leid, ich bin ein schlechter Mensch.«

Jens und Magnus, die nun ja wieder Metin und Cem sein konnten, sahen sie wortlos an. Höchstens ein paar Sekunden lang. Aber diese Sekunden des Schweigens kamen Lena vor wie eine Ewigkeit.

Okay, hier war offenbar ein bisschen Überzeugung nötig, um das Ganze elegant über die Bühne zu bringen. Sie ballte die Fäuste und rief: »Yeeeeeah! Missverständnis.«

Aber weder Cem noch Metin verzogen eine Miene. Von Verzeihen keine Spur.

»Schwamm drüber?«, fragte Lena flehend.

Doris mischte sich ein und sah Metin in die Augen.

»Ich habe dir gesagt, sie ist furchtbar.«

Metin sah wieder zu Lena und funkelte sie an. Von hinten rief Yagmur:

»Heißen wir jetzt Amundsen oder nicht?«

Metin fuhr sich durchs Gesicht und wandte sich dann wieder zu Lena.

»Das war sehr, sehr unverantwortlich, sehr, sehr dumm …!«, schrie er sie an und hatte schon die rechte Hand erhoben, sodass Lena zusammenzuckte. Dann aber packte er mit der rechten Hand die verdutzte Doris im Nacken und zog sie an sich. Er küsste sie und beide sanken ineinander versunken in einen freien Sitz in Reihe 26.

Lena aber hatte vor einem Happy End noch einiges mehr in Ordnung zu bringen und sah jetzt Cem verlegen in die Augen. Sie wusste überhaupt nicht, wie sie anfangen sollte.

»Heeeey. Wusste gar nicht, dass du eine Brille trägst«, sagte sie, um Lockerheit bemüht.

»Hm. Jetzt sehe ich dich endlich mal scharf«, raunzte Cem. Er konnte nicht glauben, dass er für diese dumme Kuh etwas empfand. Aber er würde es ihr schwer machen, beschloss er.

»Frieder ist nicht mein Freund. Er ist ein Idiot«, sagte Lena.

»Ich meine, gut, du auch, aber du bist der Idiot, in den ich mich verliebt habe.«

Cem grinste verlegen und wurde rot.

»Was ist?«, fragte Lena, die ihn so noch nie gesehen hatte.

»Es ist nur, weil … verliebt und so«, sagte Cem leise und drehte sich glucksend weg. Lena lächelte.

»Ich weiß, dass du nicht mit mir geschlafen hast.«

»Ich wollte nur, dass du nüchtern bist. Damit du dich später daran erinnern kannst, wie beschissen das erste Mal ist.«

»Aber nicht, wenn's der Richtige ist«, sagte Lena und sah Cem verliebt in die Augen.

»Aaaahhrg, ihr seid to-tal lä-cher-lich!«

Das war Yagmur, die noch immer in ihrem Sitz hockte und ihr Bordmagazin las. »Und dein Image ist jetzt endgültig im Arsch, Magnus.«

»Halt die Fresse«, sagte Cem, nahm die Brille ab und beugte sich langsam nach vorn, geradewegs auf Lenas Lippen zu. Küssen konnte er sie nicht, denn in diesem

Moment stürmte ein bulliger Security-Mann ins Flugzeug und rief mit wutverzerrter Stimme:

»They have no boarding pass, they broke the security!«

Lena war so versunken in Cems Augen, dass sie kaum etwas mitbekam. Erst der Stromschlag aus dem Elektroschocker holte sie zurück in die Wirklichkeit. Es kribbelte, so als ob eine Milliarde Ameisen auf Speed durch ihren ganzen Körper sausten. Dann wurde sie ohnmächtig.

Schon wieder, dachte sie. Ständig ging sie k. o.

44

Metin gelang es, die Situation schnell aufzuklären, sodass nicht auch noch Doris außer Gefecht gesetzt wurde. Alle fünf konnten schließlich das Flugzeug verlassen. Oslo war Geschichte. Der richtige Urlaub konnte beginnen.

Gemeinsam fuhren sie zurück zum Hotel. Dort wartete Costa sehr ungeduldig auf Yagmur. Er hatte gar nichts mitbekommen und wunderte sich, dass alle so lang zu schlafen schienen.

Am folgenden Abend saßen Cem und Lena im warmen Sand, das Meer rauschte sanft, die Sonne stand dunkelgelb am Himmel und war kurz davor, ins Meer zu fallen. Verliebt drückte Lena ihren Kopf an Cems Schulter. Zärtlich hielt Cem ihre Hand. Und wurde dann zunehmend unruhiger.

»Alter, das geht gar nicht«, platzte es plötzlich aus Cem heraus.

Lena stöhnte genervt. Sie hatte ihn so lange bearbeitet. Und jetzt das!

»Bis sie untergegangen ist …«, erinnerte Lena ihn an sein Versprechen.

»Ey, und wenn mich jemand sieht?«

»Cem! Es ist nur ein Sonnenuntergang!«

Das war Cem egal. Er stand auf und lief davon. Lena nahm die Verfolgung auf.

Sie würde ihn nie, nie wieder entkommen lassen. Er gehörte jetzt ihr!

Lachend sprang sie ihm auf den Rücken und plumpste mit ihm johlend ins flache Wasser. Er sah ihr in die Augen.

Und bevor sie sich küssten, war sich Lena ganz sicher, dass sie sich dieses Mal an alles erinnern würde.